# 회귀자 사용설명서

WISHBOOKS FANTASY STORY

# 회귀자
## 사용설명서 17

**흙수저 판타지 장편소설**

초판 1쇄 찍은 날 | 2019년 6월 20일
초판 1쇄 펴낸 날 | 2019년 6월 27일

지은이 | 흙수저
펴낸이 | 예경원

기획 | 위시북스
편집책임 | 이규재
편집 | 위시북스

펴낸곳 | 예원북스
등록번호 | 제396-2012-000132호
등록일자 | 2012. 7. 25
KFN | 제1-431호

주소 | 경기도 고양시 일산동구 호수로 646-24 위너스21II빌딩 206A호 (우)10401
전화 | 031-819-9431 팩스 | 031-817-9432
E-mail | yewonbooks@naver.com

ⓒ흙수저, 2018

ISBN 979-11-6424-340-2 04810
　　　979-11-6098-877-2 (set)

# 회귀자 사용설명서

### 17

흙수저 판타지 장편소설

WISHBOOKS FANTASY STORY

Wish Books

# 회귀자
# 사용설명서

# CONTENTS

# 105장
# 언제나 팩트는 승리하는 법이다

'멍청한 인간들.'

물론 상대의 의도를 알았다고 해서 저런 종류의 선전 활동을 멈출 수 있는 것은 아니다. 전투나 전쟁을 치르기 전 상대방의 사기를 조금이라도 꺾는 것은 선택이 아니라 필수다.

심지어 반 교국 연합인가 뭐시기는 본인들의 생각이 옳다고 느끼기까지 하니 선전에 공을 들이는 건 당연하다.

살짝 주변을 둘러보니 자리 잡고 있는 엘프들은 저 목소리가 익숙한 모양. 아마 상대 진영의 성벽이 자리 잡힌 시점부터 듣고 있었던 것이리라.

'우리 쪽 대응은 없나?'

없을 리가 없다. 눈치를 살피다 살짝 물어보았다. 내 질문에 성벽을 바라보고 있던 엘프 경비원 하나가 대답해 왔다.

흔치 않은 여성 검사. 자연스럽게 능력치를 보자 수치가 나쁘지 않다.

'의외네.'

경비를 보고 있을 뿐이지만 가지고 있는 능력치는 엘룬 나이트 정도다. 아마 엘리오스의 눈에 제대로 들지 못한 것 같다.

"항상 들려오는 겁니까?"

"네, 명예추기경님. 보통 하루에 두 번 정도 들려오는 것으로 알고 있습니다."

"우리 측의 대응은 어떻습니까?"

"왕국 역시 주기적으로 음성 증폭 마법을 이용해 반 교국 연합 쪽으로……."

"그렇군요. 흠……. 어떻습니까. 직접적으로 사기에 영향을 미치고 있는 것 같습니까?"

"그렇지는 않습니다. 적들의 말이 전부 거짓이라는 것을 알고 있고 저희 역시 반 교국 연합이 원하는 바가 뭔지 알고 있으니까요. 그리고 저런 터무니없는 말 따위 믿을 수 있을 리가 없죠."

'교육은 되어 있네.'

이것도 어떻게 보면 당연하다. 아무리 터무니없는 내용이라고 한들, 지속적으로 저런 이야기를 듣는다면 누군가는 영향을 받게 마련이다.

어차피 저들도 많은 사람을 움직이는 걸 바라진 않을 것이다. 단 한 명만 영향을 받아도 효과가 있다고 볼 수 있다. 그리고 그 한 명이 만들어낸 불안감은 아주 조용히 그리고 천천히 부대 내로 퍼질 것이다.

불안감이나 의구심은 마치 암세포처럼 계속해서 퍼져 나간다. 규모가 클수록 지휘부에서도 미처 파악하기 힘들다.

상급자는 신이 아니다. 아무리 병력 관리를 철저히 한들 고문관이 무슨 생각을 하는지 알 수는 없다.

그걸 위해서 필요한 것이 바로 교육. 일종의 세뇌 활동이라는 거다. 우리는 잘못이 없다. 바로 우리가 정의며 저들은 악이다. 어디서 먼저 선제공격을 날렸느냐가 중요한 건 바로 이 부분 때문이다. 아무것도 아닌 것 같지만 명분은 이럴 때 상당히 중요해진다.

병력의 규모나 질, 그리고 병과. 네임드가 전장에 끼칠 수 있는 능력과 기용할 수 있는 방향.

대륙의 전장에서는 수많은 변수가 있지만 병력의 사기 역시 그에 못지않게 중요하다는 것은 병법을 모르는 사람이라도 알 수 있을 것이다.

허벅지를 손가락으로 툭툭 두드리는 와중에도 계속해서 음성 증폭된 목소리가 들려왔다. 고개가 끄덕여질 만한 선전이었다.

-교국은 대륙의 질서를 어지럽히고 있습니다. 악마 소환사라는 웃기지도 않은 자작극을 벌여 중립 지역을 분쟁지로 만든 것은 물론, 본인들이 한발 앞서 전쟁을 종용하고 갈등을 부추기는 것으로 모자라 지난 14일, 결국 먼저 전쟁을 선포하고 병력을 밀고 들어왔습니다. 수많은 민간 사상자가 생겼고 이에 우리 반 교국 연합은 전쟁의 깃발을 꺼내 들 수밖에 없었습니다. 전쟁을 원하는 미치광이 집단이 더 이상 대륙을 활개 치고 다니도록 좌시할 수 없기 때문입니다. 이종족 여러분이 아는 신성 교국은 이전의 교국이 아닙니다. 신성한 민주주의라는 사상의 탈을 쓴, 금서를 내들고 혁명이라는 이름 아래 숨은 폭도에 불과합니다!

'…….'

-현재 교국의 지도자로 있는 오스칼이야말로 진정한 여신의 반역자이며 대륙의 질서를 어지럽히는 이입니다. 심지어 그녀는 교국을 이끄는 지도자라고 말할 수도 없습니다. 교황청의 이기영 명예추기경의 말을 따르는 꼭두각시에 불과합니다.

'꼭두각시 정도는 아닌데······.'

조금 뜨끔하기는 했지만 평정심을 유지해야 했다. 아까 대화를 나눈 엘프 경비병이 이글거리는 눈빛으로 전방을 바라보고 있는 것이 보였으니까. 심지어 입을 열어오기까지. 무척 조심스러운 태도를 확인할 수 있다.

"저······."

"네?"

"걱정하지 않으셔도 됩니다. 말도 안 되는 소문이라는 사실은 그 누구보다 저희가 더 잘 알고 있습니다, 명예추기경님."

"······."

"감히. 이곳에 있는 엘프 전원 저들이 하는 소리가 진실이라고 생각하지 않습니다."

간혹 이렇게 열의가 넘치는 눈빛을 마주하면 너무나도 부담스럽다. 티 없이 맑은 엘프 경비병의 순수한 눈빛에 왠지 모르게 양심 한구석이 저려온다.

정하얀은 나를 믿어주는 엘프가 괜찮아 보였는지 연신 고개를 끄덕이며 내 손을 꽉 잡는다.

"그, 그럼요. 전부 다 거짓말이에요."

"저, 저는 여신의 거울을 통해 이기영 명예추기경님께서 악마에게 대항하는 모습을 봤고 실제로도 커다란 감명을 받았습니다. 노예경매장에서 저희 친구들을 구해주신 이야기나,

거대한 마수의 안에 있는 동안 엘레나 님을 지켜주셨다는 일까지 말입니다."

"……."

뭐, 지켜주기야 했다. 하지만 왠지 모르게 시선을 피하고 싶어진다.

"모든 엘프가 한마음 한뜻일 겁니다. 이기영 명예추기경님이 저런 말에 상처받지 않았으면 합니다."

'딱히 상처받은 건 아닌데……'

"마, 맞아요, 오빠. 괜히 신경 쓸 필요 없어요."

최선을 다해서 위로해 주려는 것 같다. 나보다는 본인이 더화난 모양. 사실 이쪽은 저쪽에서 무슨 소리를 하든지 무덤덤하기만 하다. 그 와중에도 선전 내용은 점점 더 격해지고 있다.

-우리 반 교국 연합은 언제든지 여러분을 받아들일 준비가되어 있습니다. 부디 저희 연합과 척을 지는 것을 피해주십시오. 우리는 여러분과 싸우고 싶어 이 자리에 있는 것이 아닙니다. 원하는 것은 오직 대륙의 정상화입니다. 신을 사칭해 전 대륙을 농락하는 사기꾼과 신의 등 뒤에 숨어 민중을 착취하는교황청, 꼭두각시 여왕과 그녀를 따르는 폭도를 타도하는 것만이 우리의 바람입니다. 여러분이 싸움을 싫어한다는 사실은 잘알고 있습니다. 부디 심사숙고해 주십시오. 이종족 여러분과

그 지도자분께선 부디 우리의 목소리에 귀를 기울여 주십시오.

저들의 말이 끝난 이후에는 오히려 이쪽의 눈치를 살피고 있는 모습이 보인다. 아무래도 자꾸만 이쪽이 신경 쓰이는 모양.

'그렇게 생각해 주면 고맙지 뭐.'

물론 조금 민망한 감이 없지 않아 있지만 전체적인 여론이 이렇다면 크게 걱정할 필요가 없다.

물론 사기를 유지하기 위한 교육을 멈춰서는 안 된다. 엘프 대부분이 저 말을 믿지 않겠지만 혹시 드워프를 포함한 다른 이들 같은 경우에는 알게 모르게 영향을 받고 있을 수도 있으니까.

'어제 전부 다 읽어봤어야 했나.'

이쯤 되니 이쪽의 선전 내용이 궁금해진다. 이지혜가 읽어보라고 준 보고서에는 분명히 적혀 있을 것이다. 하지만 지금 와서 다시금 내용을 살펴볼 필요는 없다고 생각했다.

'물어보면 되지, 뭐.'

눈앞에 있는 엘프 누나한테 물어보면 그만이니까.

"에베리아 왕국 측에서는 어떤 내용을 담은 선전을 하고 있습니까?"

"다양합니다. 주로 공화국 인간의 행동을 직접적으로 비판하는 내용입니다. 라이오스 사건 그리고 그들이 전쟁을 먼저 일으켰다는 내용의 선전도 멈추지 않습니다. 비인간적인 실험이나 무자비하고 생각이 없는 벌목 활동, 그리고 무분별한 사냥에 대한 비판까지. 매번 내용은 다르지만 이 정도가 보통입니다."

"그렇군요."

'벌목 활동이랑 무분별한 사냥은 도대체 뭐야.'

엘프의 입장에서는 충분히 할 만한 이야기겠지만 대다수의 인간에게는 아무런 효과도 없을 거라고 자신 있게 이야기할 수 있다. 장담컨대 콧방귀를 끼고 있을 것이다.

'그런 거로 죄책감을 느끼기야 하겠어?'

이런 종류의 선전의 핵심은 어디까지나 상대방으로 하여금 의문을 느끼게 하는 것. 벌목이나 사냥 같은 것에 의문을 품고 있는 인간이 있을 리가 없다. 조금 더 직접적인 방법이 필요한 시점.

사실 목 아프게 이야기할 필요도 없다. 우리는 이미 가장 확실한 증거를 가지고 있으니까.

"하얀아."

"네?"

"여신의 거울 준비하자. 소라랑 같이."

"어, 어떤 걸요?"

"라이오스에서 있었던 거 아직 남아 있지? 다른 거 필요 없고 그냥 그것만."

"그, 그냥 이것만요?"

"응. 할 수 있겠어? 물론 상대 진영 측에서도 보일 정도로 크게."

"한소라 교육생, 아, 아니, 소라 씨가 도와주면 할 수 있을 것 같아요."

"그래? 그거 잘됐네. 마력이 많이 소비되는 일은 아니지?"

"저, 정연 언니한테도 도와달라고 할게요. 그리고 다른 엘프 분들께도."

"그렇게 하는 게 좋겠다. 준비되면 바로 이곳으로 오는 거다."

"네!"

'그럼 나는 시간 좀 따로 빼달라고 하면 되는 거고.'

사실상 문제는 없는 거나 마찬가지다. 엘프 여자는 이쪽이 무슨 일을 벌이려는지 궁금한 모양. 뒤늦게 전방을 바라보는 척하고 있지만 귀를 쫑긋쫑긋 움직이는 것이 시야에 비쳤다.

그사이에 정하얀은 몸을 허겁지겁 움직이기 시작했다.

'뭐 다른 게 필요 있겠어?'

하루 종일 이야기하는 것은 입만 아프고 머리만 아프다. 그 대로 뜻이 전달되지 않는 것은 물론이거니와 효율도 그다지 좋지 않다. 음성 증폭 마법에 들어가는 마력량도 상당한 수준. 당연히 문명의 힘을 빌리는 게 더욱 효과적이다.

자리를 지키고 있기를 얼마간, 정하얀의 부름에 허겁지겁 뛰어온 한소라와 황정연이 보이기 시작했다. 마력 홀로그램 아티팩트를 사용하는 것도 이제는 프로급이나 다름이 없다.

거대한 마력 홀로그램이 에베리아 왕국 측의 위에 크게 떠오르자 하늘뿐만 아니라 이곳에도 시선이 집중되기 시작했다.

설명할 시간 정도는 필요했기 때문에 천천히 입을 뗐다.

"선전하는 시간 외에는 계속해서 띄워놓는 게 좋을 것 같습니다. 어디가 선이고 어디가 악인지는 아마 저들이 더 잘 알고 있을 겁니다. 지휘부에는 제가 전하도록 하겠습니다. 다른 부대에도 전파 부탁드립니다. 너무 놀라실 필요 없다고요."

"지금 곧바로 전파할 수 있도록 하겠습니다."

"감사합니다. 하얀아, 곧바로 테스트하고 마력 홀로그램 작동시켜. 혹시 안 보일 수도 있으니까. 악마 소환사 모습은 자세하게 클로즈업하고."

"네!"

"준비되면 곧바로 신호."

"주, 준비됐어요."

"그럼 곧바로 송출."

"됐어요, 오빠."

어떤 장면을 내보낼지 두말하면 입 아프다. 빛기영과 친구들이 전설을 만든 그 서막. 악마 소환사 진청에게는 조금 미안하지만 이미 팔린 얼굴이다. 고생한 김에 조금 더 고생해도 될 것 같았다.

초장부터 하이라이트. 아무리 공화국이 흑마법에 민감하지 않다고 한들, 저런 장면을 보고 흔들리지 않는 사람이 없을 것이다.

무척이나 오랜만에 들어보는 듯한 청량한 목소리.

'특별 출연 벨리알 님, 오늘도 감사합니다.'

-나의 계약자 진청이여. 너희의 바람은 이루어질 것이다. 어서 이 봉인을 풀어라! 그렇다면 더 큰 힘을 손에 얻을 수 있을 것이다!

여신의 거울에 떠오른 것은 어떻게 봐도 악마와 손을 잡은 채 빛을 위협하고 있는 진청.

악마 소환사, 가면 쓰레기 진청이 보여줬던 그 날의 본모습을 보며 미소를 지을 수 있는 사람은 그다지 많지 않을 것이다.

'백날 선동과 날조로 떠들어봐야 팩트는 못 이긴다. 이 새끼들아!'

팩트의 힘은 위대하다.

'어딜 감히 선동과 날조로 승부하려고 들어?'

증거 없는 말로 떠들어봐야 어차피 선동과 날조 수준을 벗어나지 못한다는 거다. 제대로 된 증거야말로 가장 확실한 팩트. 어떻게든 이쪽의 이미지를 구기고 싶다는 건 이해할 수 있지만 상대를 잘못 만났다.

-나의 계약자, 진청이여. 너희의 바람은 이루어질 것이다. 어서 이 봉인을 풀어라! 그렇다면 더 큰 힘을 손에 얻을 수 있을 것이다!

'바로 그거지.'

-계약자 진청이여. 이 힘이 가지고 싶지 않은가. 네가 원하는 건 무엇이든 이룰 수 있는 힘이다.

'아암 그렇고말고.'

-크크크큭……. 하하하하하!

'벨리알 님, 만세다! 씨밤바!'

언제 봐도 실감 나는 연기. 안기모나 이지혜조차도 한 수 접어줄 것 같은 메소드 연기의 벨리알에게는 당연히 박수를 보낼 수밖에 없었다.

뿌듯한 마음으로 하늘 위를 바라본 것은 당연지사. 거대한 화면 안에서 나오는 장면은 악마에게 영혼을 팔고 있는 악마 소환사 진청 쓰레기의 모습이다.

빛의 진영을 핍박하는 장면은 덤. 아마 공화국 진영 쪽에서는 저 장면을 처음 보는 이도 있을 거라고 생각했다.

애초에 공화국과 교국은 완전히 단절되어 있다. 만약 교류가 있었다고 해도 정보 통제에 민감한 저들이 저런 영상이나 소문이 나돌아다니게 둘 리가 없다.

물론 알게 모르게 알고 있는 이들이야 있겠지만…….

'이런 건 처음 봤을 거다, 이 새끼들아.'

아마 저들 역시 교육을 받기는 받았을 것이다.

'공화국의 군사 진청은 죄가 없고 모든 것은 교국의 선동이며 날조다. 모두가 지어낸 이야기이고 조작된 이야기다. 절대로 믿어서도 안 되고 또 동요해서도 안 된다. 교국의 선동 전술에는 절대로 말려들지 않도록 해야 한다.'

교국이 전쟁을 일으키기 위한 꼬투리를 잡고 있다고, 악마와 내통하고 있는 것은 신의 등 뒤에 숨은 교국이라고 이야기했을 것이 분명하다. 하루에 몇 번씩이나 떠들어 대며 전쟁에 출사표를 던졌을 터.

병력의 대부분이 그렇게 알고 있을 것이다. 하지만 말로 들는 것과 직접 자신이 증거를 목도하는 것에 대한 차이는 분명히 존재한다.

'인간은 의심하는 동물이거든.'

지휘부에 의문을 품게 하는 것만으로도 충분히 성공적이다. 물론 이 영상의 여파는 거기에서 끝나지 않을 거라 굳게 믿고 있다. 당연히 공화국 병사들의 멘탈에 직접적인 영향을 끼칠 수밖에 없다.

'교국이나 엘프만큼 흑마법에 민감하지 않다고?'

"그런 게 무슨 상관이겠어. 지금 이 상황에 민감하다, 민감하지 않다가 눈에 들어오겠어? 응?"

이건 심미안에 관련된 이야기다. 마력 홀로그램으로 출력되고 있는 벨리알의 모습은 내가 봐도 심장이 떨려올 정도.

벨리알은 일반적으로 상상하는 악마의 이미지보다 더욱 악마 같다. 현세에 드러낸 녀석의 모습이 정말로 벨리알의 본모습인지는 알 수 없지만 일단 출력되고 있는 외관은 그렇다.

얼굴은 불의 번개와도 같았고 눈동자는 심연에서 타오르는 불길 같다. 입은 바위의 갈라진 틈 같았으며 커다란 날개는 구겨진 하늘을 꾸역꾸역 집어넣은 듯하다.

겉모습만으로도 이질감이 느껴지고 인간의 본능적인 공포감을 불러일으킨다. 저런 걸 보고도 자신들이 정의의 편이라고 생각하는 정신 나간 놈은 이 세상에 존재하지 않으리라.

'아암. 빛이 괜히 빛이고, 어둠이 괜히 어둠이겠어.'

이런 이분법적 사고방식에 영향을 받지 않는 인간은 내가 알기로 존재하지 않는다.

빛으로 둘러싸인 빛기영과 구역질이 나올 만큼 오염된 뒤틀린 악마의 진영.

어느 쪽이 정의인지는 이미 정해져 있다. 현재 이 마력 홀로그램을 보고 있는 갤러리들 역시 그 답을 알고 있을 것이다.

조금 무리해서 눈에 마력을 집어넣기 시작했다. 꽤나 먼 거리라고 할 수 있지만 특성의 영향 때문인지 저 멀리까지 놈들의 얼굴이 보인다.

'새끼들. 사색이 됐네. 사색이 다 됐어.'

이방인은 그나마 낫다. 하지만 공화국민으로 보이는 녀석들의 표정은 가관이다. 멍하니 마력 홀로그램을 보고 있는 그 모습은 믿을 수 없다는 듯이 일그러져 있었다.

교육을 받았고 이야기를 들었음에도 저 모양 저 꼴. 몇몇은 이미 얼굴에 불안감이 들어서고 있다.

물론 이방인이라고 해서 크게 다르지 않다. 몇몇은 입술을 꽉 깨물고 있기도 했고 탄식을 내지르기도 했다.


-더러운 빛의 종자들아. 이게 바로 지옥 마법의 힘이다. 계약자 진청이여, 네가 원하는 바는 이루어질 것이다!

'키야!'

-고맙다! 고맙구나! 계약자여!!

때마침 영상은 클라이맥스를 향해 달려가는 중. 아주 약간의 각색이 첨가되기는 했지만 모두가 실제로 일어난 일들이며 팩트다. 이 대륙에 조작 감별사 같은 건 없지만 피부로 느껴지는 이 박진감에 이의를 제기할 수 있는 이는 없으리라.

상대 진영이 난리가 난 것은 당연지사. 허겁지겁 뛰어다니며 사태를 수습하는 공화국 측 지휘관들을 보니 계속해서 웃음이 터져 나올 정도였다.

뭐라고 소리를 치는 모습이 눈에 띈다. 물론 이쪽에 들려오지는 않았지만 어떤 말을 하고 있을지에 대해서는 예상이 된다.

'현혹되지 마라!'

'저건 만들어진 영상이다. 진실이 아니야. 현혹되지 말고 자리를 지켜라.'

최선을 다해서 멘탈을 수습하려고 하지만 언 발에 오줌을 누는 것에 지나지 않는다. 저런 식으로 생난리를 치는 게 오히려 의문을 품고 있는 이들의 의구심을 키울 것이다.

녀석들이 이대로 가만있을 수 있을 리 만무. 다시 한번 증폭

된 목소리가 들려왔다는 건 굳이 설명할 필요도 없으리라.

"이, 이제 그만할까요?"

"아냐, 아냐. 뭘 벌써 끝내? 한 번만 더 보자."

"네!"

교육에는 역시.

'반복 학습이 중요하죠.'

외울 정도로 머리에 집어넣는 게 중요하다.


-지금 당장 조작된 내용의 영상 송출을 멈춰주시기 바랍니다. 여러분이 보내고 있는 영상은 모두 조작된 내용입니다. 여러분을 속이기 위해 만들어놓은 자작극에 불과합니다. 이종족 여러분, 부디 날조된 것에 현혹되지 마시고 진실에 눈을 떠주시기 바랍니다.

-계약자여! 힘을 원하는가!

-공화국은 악마와 내통한 적이 없으며 진청에게도 그 어떤 흑마법의 징후가 발견할 수 없었습니다. 그는 결백합니다.

-어서 봉인을 풀어라! 진청! 네가 바로 나의 계약자다.

-바로 저들이 대륙을 어지럽히고 있습니다. 교국의 사악한 무리들이 대륙의 질서를 어지럽히고 있습니다.

-대륙을 집어삼킬 수 있는 힘을 내려주마, 진청.

'키야.'

말하는 족족 마력 홀로그램이 받아쳐 주는 느낌이다.

당황했는지 계속해서 뭐라 소리치고 있었지만 제대로 들릴 리가 만무. 선동과 날조된 내용을 내보내는 공화국의 마법사들이 오히려 더 당황한 기색이었다.

아무리 조작된 것이라고 외친다고 한들 눈앞에 팩트가 펼쳐지니 정신을 못 차린다.

현혹된 엘프 여러분들을 걱정해야 하는 것이 아니라 본인들 부대의 멘탈을 더 걱정해야 하는 타이밍. 물론 딱히 방법이 있는 것도 아니다.


-다시 한번 말씀드립니다. 이종족 여러분은 지금 즉시 조작된 내용의 영상 송출을 멈춰주시기 바랍니다. 여러분은 속고 있습니다. 이 모든 일은 이기영 명예추기경이 만든 자작극입니다. 공화국을 함정에 빠뜨리기 위한 더러운 수작에 불과합니다.


'그래 이 새끼들아. 백날 떠들어봐라.'


-형님……. 형님! 누님! 조금만 참으쇼. 조금만! 조금만 버티면 될 거요!

-흔들리지 마십시오. 이 모든 건 조작된 내용입니다. 악마를 소환한 것은 공화국이 아니라 교국입니다.

-이 더러운 놈들! 제길. 제길! 형님! 조금만 더 버티면 지원이 올 거요! 그때까지만 버티쇼. 무리하다 죽으면 안 되는 거 알고 있는 거요? 너무 무리하지 마쇼. 내가 경고했소. 너무 무리하다가 쓰러지면 내가 용서 안 할 거요. 내가 용서 안 해!

엘프뿐만이 아니라 자기 자신들에게 하는 이야기이기도 하다. 이 모든 게 주작이라고 외치고 있지만 마력 홀로그램으로 튀어나오고 있는 박덕구의 처절한 모습은 감동을 일으키기에 충분.

한소라도 마찬가지다. 당장에라도 쓰러질 듯한 모양새. 다시 봐도 괜스레 코끝이 찡해지는 순간이었다.

이미 빛으로 물든 채 한계를 맞고 있는 나와 정하얀의 모습은 굳이 언급할 필요도 없다. 신성한 빛에 둘러싸인 채 악마 소환사 진청 쓰레기가 소환한 벨리알에게 대항하는 모습은 마치 동화 속에서나 언급되는 영웅의 모습 그 자체.

아무래도 실제 상황이다 보니 내가 보기에도 영상이 무척 잘 뽑힌 것 같았다.

더러운 악의 무리에게 둘러싸인 채 중립국 라이오스를 위기에서 구해내는 명장면. 마력 홀로그램으로 나오고 있는 우리들의 모습에 괜스레 엘프들 역시 숙연해지고 있었다.

"하얀아, 음성 증폭 마법. 지금 바로 홀로그램에 내 얼굴도 내보내."

"넵!"

이쯤에서 툭 하고 튀어나오는 게 타이밍상 맞다. 천천히 목소리를 가다듬는다. 오랜만의 복귀다 보니 아무래도 조금 긴장되기는 한다.

하지만 입은 술술 움직이기 시작했다. 이쪽의 아가리는 역시나 기대를 배신하지 않았다.

'프레임이 중요하지. 프레임이.'

어떤 프레임을 선택해야 하는지는 이미 정해져 있다.

교국과 공화국이 겪고 있는 정치적 갈등은 일단은 논외. 교국과 공화국이라는 국가는 이번 프레임에서 완전히 제외시키는 것이 옳다.

생각하고 있는 커다란 프레임은 빛과 어둠이다. 서로 다르다가 아닌 옳고 그름이며 상식과 비상식이다.

이번 전쟁을 두 국가의 갈등으로만 해석하는 것은 어떻게 봐도 멍청한 일. 이번 전쟁은 삼국동맹과 반 교국 연합의 싸움이 아니다.

'정의와 악의 싸움이고, 팩트와 날조의 싸움이고, 빛과 어둠의 싸움이지.'

천천히 목소리가 송출되기 시작했다. 커다란 화면에 내 모습이 비치기 시작했다. 차분하게 말을 내뱉자 곧바로 음성 증폭 마법이 걸린 내 목소리가 커다랗게 들려왔다.

"빛과 함께하십시오, 여러분."

-빛과 함께하십시오, 여러분.

'좋고요.'

-빛의 편에서 저희와 뜻을 함께해 주십시오. 대륙을 위해 저희의 손을 잡아주십시오. 검을 향해야 할 대상은 우리 서로가 아닙니다.

'음질도 좋네.'

-우리는 공통의 적을 마주하고 있습니다. 감히 상상도 할 수 없는 적을 인류는 함께 목도하고 있습니다. 방금 전 여러분이 확인하신 것이야말로 증거이며 사실, 그리고 우리 모두의 적입니다.

'흐름 나쁘지 않고요.'

-삼국동맹은 대륙을 어지럽히거나 질서를 파괴하려고, 혹은 전쟁을 일으키려고 동맹을 출범한 것이 아닙니다. 그 반대입니다. 대륙 위에 살아가는 모든 생명체를, 인류와 이종족, 여신님이 내려주신 땅과 그 위에 살아가는 모든 이를 지키기 위함입니다. 방금 전의 마력 홀로그램을 보셨을 거라고 생각합니다. 여러분이 눈으로 직접 확인한 것은 결코 거짓이나 조작된 내용이 아닙니다. 실제로 일어났던 일이며 몇 달 전 라이오스에 내렸던 악몽이며 우리가 함께 이겨내야 할 시련입니다.

　'아암 그렇지. 그렇고말고.'

　-대륙 곳곳에는 아직도 악마의 세력이 몸을 웅크리고 있었습니다. 라이오스 사태를 일으킨 장본인이며 악마 군주를 소환하는 것에 성공한 진청 같은 이들이 아직도 곳곳에서 기회를 노리고 있습니다. 물론 저희 교국 역시 예외는 아니었습니다. 교국은 기억합니다. 악마숭배자 이토소우타가 일으켰던 그 수많은 일을…… 교국은 기억하고 있습니다.

　아직도 그때의 일만 생각하면 가슴이 저릿하게 아려온다.

-교국뿐만이 아닙니다. 이미 각 왕국이나 대륙 각지에 악마의 하수인들이 숨어 있습니다. 교국의 악마 숭배자 이토 소우타, 공화국의 악마 소환사 진청처럼 그들은 저마다의 목적을 가지고 대륙의 질서를 어지럽히고 있습니다. 지금 이 순간에도 어둠의 세력은 계속해서 빛을, 대륙을 좀먹고 있습니다. 권력을 이용해 자신들이 원하는 것을 쟁취하려 움직이고 있습니다. 지금 이 상황이야말로 그들이 원하는 그림입니다. 여러분, 부디 눈을 뜨십시오. 악마의 목소리에 현혹되지 마시고 정말로 중요한 것이 무엇인지 바라봐 주십시오.

제법 진지한 눈으로 성벽 위를 바라봐 주었다. 이미 촉촉하게 젖은 눈가. 내가 생각해도 제법 그럴듯하다. 은은하게 몸을 휘감고 있는 빛은 내가 하는 말에 신뢰감을 더해주고 있다.

'이래서 빛기영 빛기영 하는 거 아니겠어.'

다시 생각해 봐도 내가 빛의 연금술사라는 직업을 얻은 것은 신의 한 수라 말하고 싶다. 이런 말을 지껄이고 있는 와중에 나를 감싸고 있는 것이 흉측한 어둠이었다면 설득력이 떨어졌을 것이다.

-그들이 원하는 것은 대륙의 멸망이며 몰락입니다. 여러분의 가족, 여러분이 살아가는 터전, 여러분이 지켜야 하는 모든

것을 빼앗으려는 겁니다. 여러분의 적은 인류가 아니라 지금 당신들을 그 자리에 있게 만든 악마와 그 하수인입니다. 악마 소환사 진청에 의해 뿌리까지 썩어버린 현 공화국 정권이야말로 여러분이 검을 겨눠야 할 대상입니다.

거짓 하나 없는 팩트라는 것에는 그 누구도 이견이 없을 것이다.

-부디 무기를 버려주십시오. 함께 손을 잡고 더 큰 위협에 대항해야 합니다. 악마 소환사 진청을 비롯한 악마의 뿌리를 뽑아야 합니다. 우리 삶의 터전을 지키고 한발 앞으로 나아가야 합니다. 국가 간의 갈등이나 종족 간의 갈등을 버리고 모두가 한발 내디뎌야 합니다. 빛을 향해 결단을 내려야 할 때입니다. 여러분은 어째서 그 자리에 계십니까. 무엇을 지키기 위해 전장으로 나오셨습니까. 무엇으로부터 지키기 위해 자리해 있습니까? 삼국동맹은 여러분의 적이 아니라 함께 발을 맞출 동료입니다. 빛의 이름 아래 대륙에 살아가는 모든 이가 힘을 모아야 할 때입니다. 결단을 내려주십시오.

내려야 하고말고.

-일어나십시오. 어둠에 삼켜지지 마시고 빛과 함께하십시오. 빛의 이름 아래 대륙은 하나가 될 수 있습니다.

당연하지만 이쪽을 바라보고 있는 엘프의 얼굴이 시야에 비친다. 제법 감명이라도 받은 듯한 모양새.

적 진영 역시 상황은 비슷하다. 이미 여신의 거울이 튀어나왔을 때부터 동요하고 있던 공화국 병사들은 이쪽이 뿜어내고 있는 은은한 빛에 감화되어 있다. 최대한 대응하려는 지휘부의 모습이 보였지만 한발 늦었다.

본격적인 설전에 들어가기 전에 한마디 정도는 더 내뱉을 수 있을 것 같았다.

-어둠의 힘은 너무 강대합니다. 삼국동맹의 힘만으로는 이 대륙을 구할 수 없습니다. 작은 촛불은 어둠을 밝힐 수 없지만 여럿이 모이면 어둠을 밝힐 수 있다는 것을 저는 라이오스 사태를 경험해 깨달을 수 있었습니다. 여러분이야말로 어둠을 밝힐 수 있는 촛불입니다. 강한 무력을 가지고 있는 이도, 갑작스러운 전쟁에 두려움을 느끼고 있는 이도, 모두가 어둠을 밝힐 수 있는 빛입니다.

반대쪽에서 커다란 목소리가 들려온 것은 바로 그때였다.

-진청 군사가 악마 소환사라는 것은 날조된 증거입니다. 대륙을 농락하고 교국의 꼭두각시를 내세우는 이기영 명예추기경이야말로 대륙의 공적입니다. 라이오스 사태 역시 그의 자작극이며 그가 여신의 거울이라 선전하는 것 또한……:

-날조라는 것은 그대들이 믿고 있는 것입니다. 확실한 증거 없이 실체가 없는 정의를 부르짖는 것이야말로 날조입니다. 눈으로 직접 본 것을 믿으십시오. 들은 것이 아니라 여러분이 보고 있는 것을 믿으십시오. 감히 상상도 할 수 없는 강대한 악마가 계약자라고 부르는 것이 누구입니까. 라이오스에 커다란 절망과 위험을 주었던 이가 누구입니까. 대륙법으로 시행되는 재판을 거부하고 모습을 드러내지 않는 이가 누구입니까. 아마 여러분은 삼국동맹이 정식으로 재판에 회부되었다는 사실 역시 모르고 계실 겁니다. 다시 한번 생각해 보십시오. 여러분, 이 모든 혼란을 초래한 이후 가장 안전한 곳에서 숨죽이고 있는 이가 누구입니까! 저는 현재 여러분의 앞에 서 있습니다. 악마 소환사 진청과는 다르게 여러분과 대화하기 위해 지금 이곳에 서 있습니다!

-현혹되지 마십시오. 여신의 거울로 보이는 것은 모두 진실이 아닙니다.

-지금 그대의 모습은 어떻습니까. 그대 역시 진실이 아니라

고 말할 수 있습니까.

내가 준 신호에 곧바로 카메라를 돌리는 정하얀에게는 엄지 손가락을 보내고 싶다.

현재 마력 홀로그램이 비추고 있는 것은 공화국의 대변인. 순간적으로 깜짝 놀란 얼굴이 시야에 비쳤다.

'러시아 사람인가?'

이방인인지 러시아 사람인지 잘 구분이 되지 않았지만 마음 의 눈으로 확인하자 곧바로 정보가 쏟아져 들어왔다.

[플레이어 예브 카리나의 상태창과 잠재 능력을 확인합니다.]

**[이름-예브 카리나]**

[나이-34]

'러시아 사람 맞구만.'

굳이 다른 쪽은 볼 필요도 없다고 느껴진다. 애초에 비전투 형처럼 보이기도 했고 실제로 능력치도 초월적이라고 말하기 에는 힘들다.

이지혜처럼 처참한 수준은 아니었지만 어디까지나 자체 음 성 증폭 마법이 가능한 마법사, 아마 진청 쪽 라인일 가능성이

크다고 생각했다.

초조한 얼굴은 조금 귀엽게 느껴질 정도. 하지만 본분은 지켜야 한다고 생각했는지 어떻게든 이쪽을 물어뜯기 위해 준비하고 있는 모습이 눈에 들어왔다.

사실 무슨 생각을 하고 있는지는 뻔하다. 이후에 어떤 말을 해올지도 예상이 간다.

'빛과 어둠이라는 프레임을 부정하든가.'

혹은.

'반대로 뒤집어씌우려고 하든가.'

어느 쪽이든 상관없다. 어차피 저분도 곧 악마 관계자로 다시 태어나게 될 테니까.

-지금 그대의 모습은 어떻습니까. 현재 그대의 모습 역시 진실이 아니라고 말할 수 있습니까?

'어째서 이 자리에 있는 거지.'

마음속으로 의문을 품을 수밖에 없었다. 현재 위치가 확인되지 않고 있다는 건 익히 들었지만 교국의 수도나 린델에 자리해 있을 거라는 지휘부의 판단이 무너진 것이다.

'아니. 그래도 달라지는 건 없어.'

차라리 잘됐다고 생각했다. 현재 모든 병력이 에베리아를 틀어막고 있었으니까. 캐슬락 공성전이 시작된 이후 작전이 성공적으로 마무리 된다면 전체적인 전황은 더욱더 유리해진다.

린델, 그다음은 수도. 이 전쟁은 승리를 향한 물살을 타게 된다. 문제는 현재의 상황에 자신을 포함한 많은 이가 압박감을 느끼고 있다는 것이었다.

'부정하는 수밖에 없어.'

모두는 아니지만 병사들이 혼란스러워하는 게 눈에 보일 정도. 특히나 공화국민들의 모습은 알 수 없는 불안감에 물들어 있다. 몇몇 이방인 역시 혼란스러워하는 것은 마찬가지였다.

당연히 그럴 수밖에 없다고 생각했다. 앞선 영상은 그만큼 충격적이었으니까.

보통 흑마법사라고 해봐야 하급 악마나 중급 악마를 부르는 것이 끝이다. 감히 마주하기조차 두려운, 악의로 가득 찬 초월적인 괴물은 본 적도 들은 적도 없다. 직접 본 것이 아님에도 불구하고 온몸이 덜덜 떨려올 정도였으니 다른 표현이 필요하지 않으리라.

'저런 게…… 대륙에 존재한다고?'

여신의 거울에 비친 악마 군주의 모습이 정말로 사실이라면, 이기영 명예추기경이 울부짖는 말도 안 되는 이야기도 이해할 수 있다.

대륙을 노리는 어둠이 있다는 허무맹랑한 이야기. 하지만 이 장소를 기준으로 생각해 본다면 딱히 허무맹랑한 이야기도 아니다. 대륙 곳곳에 숨어 있는 악의적인 존재들이 얼마나 위험한지는 모험가 타이틀을 달고 있는 이들이라면 전부 알고 있을 테니까. 하물며 악마라면…….

물론 나는 진청 군사님을 믿는다. 하지만.

'만약 저 영상이 조작된 것이라고 해도.'

파괴적인 것은 마찬가지. 자세한 상황을 전해 들은 나 역시도 의심의 씨앗이 자라나고 있는 걸 피할 수가 없다.

혹시나 진청 군사가 정말로 악마의 하수인이라면? 정말로 대부분의 공화국민들이 진청 군사의 말에 속고 있는 것이라면? 눈앞에 있는 저 명예추기경이 빛의 선택을 받은 자라면? 군사의 목적이 공화국의 목적과 일치하지 않는다면?

악마 숭배자 이토소우타, 악마 소환사 진청. 그리고 정말로 대륙에 뿌리내리고 있는 집단이 존재한다면……?

의문에 의문이 꼬리를 물기 시작한 시점. 이미 말려들었다는 걸 인정할 수밖에 없었다.

'거짓말이야. 분명히…… 날조된 내용일 거야.'

의문을 품어서 좋을 게 없다는 건 알고 있지만 자꾸만 머릿속에서는 이상한 생각이 떠오르기 시작한다.

하지만 해야 할 일은 변하지 않는다. 이미 자신을 비롯한 공화국은 거대한 물살을 탔고 평범한 이들이 이 물살에 저항하는 것은 불가능하다.

'해야 할 일을 하는 거야.'

병사들을 다독이고 명예추기경의 말에 대응한다. 지금 당장 내가 할 수 있는 것은 고작 그것뿐이다.

생각은 길었지만 행동하는 것은 찰나. 숨을 내쉰 뒤 곧바로 입을 열자, 곧이어 커다란 목소리가 들려오기 시작했다.

여신의 거울에 비친 내 모습은 내가 봐도 불안하게 보인다. 하지만 지금은 이게 최선이다.

'선전이고 전술이야. 절대로 의문을 가지지 말자.'


-모든 것은 적의 선전이고 전술입니다. 아군의 사기를 꺾기 위한 기만 전술입니다. 아, 악마를 소환한 것은 진청 군사님이 아닙니다. 교국의 명예추기경이야말로 라이오스 사태를 일으킨 장본인입니다. 이번 전쟁을 일으키기 위해 만들어진 치밀한 각본이며 공화국을 빼앗기 위한 수작입니다! 저들의 말에 귀를 기울여서는 안 됩니다. 진짜 악마는 저들입니다. 민중을 속이고 선동하며 기만하는 저들이야말로 대륙에 자리 잡아서는 안 되는 악마들입니다. 신성한 민주주의라는 이름을 내걸고 일으킨 폭동 때문에 얼마만큼의 피가 흘렀는지 우리들은

기억해야 합니다.

'맞아.'

　-중립국 라이오스를 자신들에게 끌어들이기 위해 라이오스 국민들의 목숨을 담보로 펼친 자작극입니다. 악마 소환사는 진청 군사님이 아니라 교국의 명예추기경과 그와 함께하고 있는 이들입니다!

'정말일까. 목숨을 걸고 라이오스를 지킨 저들이 정말로 악마를 소환한 장본인이라고 해도 괜찮은 걸까.'

연기가 아니었다. 덩치 큰 전사는 진심으로 눈물을 흘리며 저항하고 있었고 이기영 명예추기경과 마법사는 계속해서 울컥울컥 피를 토하며 초월적인 힘에 저항하고 있었다.

'정말 연기였던 걸까.'

　-모…… 든 것이 함정입니다. 판단력을 흐리려는 자작극입니다. 어째서 교국이 중립국인 라이오스를 끌어들이려고 했는지 생각해 보십시오. 어째서 이종족을 끌어들이려고 했는지 생각해 보십시오. 그들이 노리고 원하는 것이 바로 이 전쟁입니다. 우리의 것을 빼앗기 위해 검을 들고 공화국을 부정하며, 질

서를 어지럽히고 있는 것은 삼국동맹입니다. 이 모든 상황이야 말로 악마 소환사 이기영이 원하는 바입니다! 그가 바로 악마를 소환한 장본인이다! 진청 군사님께서 그럴 리가 없어!

커다란 일갈이 터져 나온 것은 바로 그때였다.

-어디 거짓부렁을 입에 담는 것이냐! 나는 베니고어 여신님과 엘룬의 선택을 받은 성직자이며 신의 선택을 받은 사자다! 이 더러운 악마의 하수인아!

지금까지 본 적도 없는 신성한 빛이 터져 나온 것은 순식간. 제대로 눈을 뜨기 힘들 정도였다.

"동, 동요하는 병사들은 있습니까."

"없…… 습니다. 카리나 님."

'거짓말이야.'

"다른 쪽은 조금 어떻습니까."

"저, 저희 쪽도 없습니다. 물론 평소 같은 분위기라고 하기는 힘들긴 하지만 쓸데없는 소문의 확산은 최대한 막고 있는 터라…… 관련 교육은 물론 입단속도 철저히 하고 있으니 사기의 영향을 끼치는 일은 없을 겁니다."

'없을 리가 없어.'

분명히 거짓말이라고 생각했다. 찬란한 빛으로 둘러싸인 채로 소리를 내질렀던 명예추기경. 안 그래도 라이오스 사태를 눈으로 직접 확인했던 직후다.

전쟁의 공포를 떨쳐내지 못하고 있는 병사들이 저런 걸 보고 불안한 마음이 생기지 않을 리가 없다.

'조작이 아니었던 거야.'

여신의 거울로도 본 적이 있었던 커다란 빛, 심지어 그때와는 비교조차 할 수 없는 신성한 빛이었다. 대륙에 그리 오랜 시간 자리하고 있는 것은 아니었지만 그 정도의 신성력을 목도한 것은 처음이었다.

단순한 눈속임이 아닐까 하는 생각을 했었지만……. 눈속임 같은 것이 아니었다. 정말로 신의 선택을 받았을지도 모른다는 생각을 해버렸을 정도. 제대로 잠을 이루지 못했다는 건 굳이 언급할 필요도 없으리라.

이기영 그자가 공화국에서 선전하고 있는 대로 정말로 악마 소환에 한 손 거들어준 이들 중 하나가 맞거나 관련되어 있다면 지금의 신성력은 어떻게 생각해도 이해할 수 없다.

물론, 모든 성직자가 선한 것은 아니다. 하지만 경지에 이른 성직자들은 대부분 두터운 신앙을 가지고 있다.

그들은 신을 위해 봉사하며 어려운 이들을 위해 기도하고 오직 신을 위해서 살아간다. 명예추기경이 보유하고 있는 신성력은 각 교단의 성녀나 성자를 상회할 정도. 역사적으로 이름을 남긴 초월적인 존재들과 동급이라고 봐도 무방하다.

다시 말해 그가 정말 악마와 관련이 있다면…….

'지금과 같은 신성력을 얻는 것은 불가능해.'

추측이 아닌 확신. 신성력이 정확히 어떤 매커니즘으로 돌아가고 있는지는 자신 역시 자세히 알지 못하지만 악마 소환사나 흑마법에 연관이 있는 자가 저런 종류의 신성력을 얻지 못한다는 것 정도는 인지하고 있었다.

'절대로 그자를 믿어서는 안 됩니다. 예브 카리나. 절대로요.'

진청 군사님이 해주신 말씀이 갑작스레 떠오른 것은 당연지사. 하지만…….

'차라리 솔직하게 말씀해 주셨다면…….'

만약 진청 군사님에게 어떤 목적이 있었다면 감내하고 받아들였을 것이다. 공화국의 이득을 위해 공포스러운 존재를 소환한 것이 맞다면 고개를 끄덕였을 것이다. 솔직히 말씀해 주셨다면…….

'의문을 품어서 어쩌자는 거야. 군사님이 그럴 리가 없잖아.'

지휘통제실의 불안은 곧 병력 전체의 불안으로 이어진다. 괜스레 입술을 꽉 깨물게 된 것은 당연지사.

밖에서부터 목소리가 들려온 것은 바로 그때였다.

"예브 카리나 님. 비숍 상급 사제님이 뵙고 싶으시다고……"

'제길.'

어떻게 생각해 보면 예상할 수 있는 수순이었다.

"들어오라 전하세요."

"네. 그대로 전하도록 하겠습니다."

약간의 시간이 지난 직후 시야에 비친 것은 백발의 노인이다. 얼핏 보면 볼품없는 늙은이로 보일 수도 있지만 눈앞에 있는 이를 할 일 없는 노인이라 생각하는 이는 아무도 없을 거라 생각했다.

공화국에서도 교단은 존재한다. 물론 교국처럼 국가의 기반이 된다고는 말할 수 없지만 사제들이 필수적인 이 사회에서 그들의 위치는 결코 작지 않다.

군부에 몸을 담고 있는 사제들도 마찬가지. 이들의 목소리를 외면한다는 건 교단 자체를 외면한다는 것과 다름이 없다.

그렇기 때문에 지금 이 상황이 달갑지 않다. 저 노인이 무슨 말을 해올지에 대해 대충은 예상할 수 있었으니까.

"무슨 일이십니까? 비숍 사제님."

"큼…… 어제 있었던 일에 대해서라네. 예브 카리나."

"어제 일에 관련해서는 이미 입장을 발표한 것으로 알고 있습니다만……. 관련해서는 따로 드릴 말씀이 없습니다. 공화국의 입장은 이미……."

"물론 밝혔지만…… 아무래도 석연치 않은 구석이 있어. 잠깐 다른 이들을 물릴 수는 없겠는가."

"그럴 필요 없습니다. 비숍 사제님."

"부탁일세."

"……."

"……."

'이래서 싫었던 거라고.'

절로 한숨을 내쉬게 된 것은 당연지사. 저 말에 담긴 의미를 알고 있기 때문이다.

"각자 위치로 돌아가 다시 한번 부대를 살피도록 해주세요."

"네. 알겠습니다."

"……."

"……."

"그래서…… 원하시는 게 무엇인지 들어봐도 되겠습니까. 비숍 상급 사제님."

"이야기를 한번 나눠봐야겠네만……."

"네? 그게 무슨……."

"교국의 명예추기경과 내가 한번 이야기를 나눠보겠다 이 말일세. 따로 자리를 마련해 준다면……."

"말도 안 되는 소리입니다. 아무리 사제님이라고는 해도 방금의 발언은 흘려들을 수가 없습니다. 지금 이 상황에서 그자와 만나보겠다니요. 지금은 전시입니다. 저희의 임무는 이곳을 사수하는 것이고 그것 이외에는 다른 것을 생각하면 안 됩니다. 캐슬락으로 가는 지원군과 보급품을 차단하는 것이 제일입니다. 사제님과 그자를 만나게 하는 것은 제가 할 일이 아닙니다."

"우리가 할 일은 이 전쟁에서 승리하는 것이 아니라 공화국을 지키는 일이야."

"이 전쟁에서 승리하는 것이야말로 공화국을 지키는 일입니다. 사제님."

"정말 그렇게 생각하는가!"

"……."

"정말로 방금의 것을 보고도 전혀 다른 가능성에 대해서 생각해 보지 않았다고? 그자의 신성력은 거짓이 아니야. 정말로 진청 군사의 말대로 그자가 악마를 소환하고 군사를 함정에 빠뜨렸다고 생각하나? 악마 소환사나 그와 관련된 일을 한 자가 그만한 신성력을 손에 넣을 수 있다고? 베니고어 여신이 웃겠군. 신들은 현세에 관여하지는 않지만 그저 바라만 보고 있는 것은 아닐세. 그릇되고 잘못된 인성을 가지고 있는 이들에게는 그런 신성력을 내리지 않는다 말일세! 그자는 성인이며 성자며 빛의 선택을 받은 자가 맞아. 하늘이 내린 성인……."

"그자는 사기꾼입니다! 비숍 상급 사제님!"

"어떻게 한낱 사기꾼이 그런 모습을 보일 수 있단 말인가. 어제 우리가 목격한 것은 여신의 거울로 본 것이 아니야…… 실제로 일어나고 있는 일이었고 현실이었네. 사제들 사이에서는 이미 이야기들이 나오고 있어. 그들을 달래기 위해서라도 이기영 명예추기경과의 만남을 주선해야 하네."

"하지만!"

"그대는 공화국에서 얼마나 오랫동안 살아왔는가, 예브 카리나. 나는 어릴 때부터 공화국에서 자랐고 지금도 공화국을 지키기 위해 이 자리에 서 있네. 공화국에게 해가 되는 것은 절대로 할 생각도 마음도 없네. 단지 알고 싶을 뿐이야. 우리가 알고 있는 게 진실이 맞는지에 대해서…… 자네가 진청 군사에게 충성하고 있다는 건 알고 있어. 나 역시 진청 군사가 그럴 사람이 아니라고 생각하고 있고. 하지만 적어도 내 눈으로 직접 확인하고 싶어. 그자가 정말로 신의 선택을 받은 자가 맞는지."

"진청 군사님은 그럴 사람이 아닙니다."

"제삼자의 소행일 수도 있지."

"진청 군사님께서도 제삼자의 소행일 가능성에 대해서 말씀하셨습니다. 하지만 결국 모든 게 이기영 명예추기경의 함정이었다고……."

"그것 역시 삼자의 소행일 가능성이 존재해. 눈만 봐도 알 수 있네. 저자는 그럴 만한 짓을 할 위인이 아니야. 빛의 선택을 받은 인간일세. 악마를 소환해 군사를 함정에 빠뜨린다니…… 차라리 악마가 봉사 활동을 한다는 걸 믿겠군."

"……"

"무엇보다 이기영 명예추기경 본적도 없는 진청 군사를 위한 함정을 팔 수 있었다는 게 상식적으로 말이 된다고 생각하나? 그 악마와 그곳에 있었던 모든 것, 악마가 소환되기 위해 떨어졌던 마법이…… 정말로…… 고작 진청 군사 한 사람을 위한 일이었다고?"

"공화국을 압박하기 위한 전술로……"

"이기영 명예추기경은 라이오스에 진청 군사가 와 있는지도 모르고 있었네."

"그걸 어떻게 단언할 수 있습니까. 비숍 사제님."

"자네도 여신의 거울로 직접 보지 않았는가. 그때 라이오스에서 일어난 일을 모든 중립국의 국민들이 보았어. 진청 군사의 말이 사실이라면 그 공포스러운 존재를 이기영 명예추기경이 종 부리듯 부리고 있다는 말이 아닌가. 그만한 힘을 가지고 있는 존재가 이기영 명예추기경과 말을 맞춰 진청 군사를 속였다고 생각하는 건가? 상식적으로 그게 말이 된다고 생각하나? 대륙을 위협할 수 있는 악마가 한 인간의 말을 듣고 오직 진청 군사를 함정에 빠뜨리기 위한 연극을 했다고 생각하는 것인가? 심지어 불과 한 달도 되지 않는 시간 동안 그 모든 걸 계획하고 실행했다 이 말인가? 우연에 우연이 겹쳐도 쉽지 않은 일이야. 나는 지금 지극히 상식의 선에서 이야기하는 걸세, 예브 카리나. 정말로…… 정말로 이기영 명예추기경이 대륙을 혼란에 빠뜨리고 싶어 했다면 그 악마를 다시 한번 소환했을 게야. 이런 귀찮은 짓을 하지 않았겠지. 그자가 그럴 리가 없어."

'제기랄…….'

부정하고 싶다. 하지만 부정하기 힘들다. 비숍 사제님의 말에 틀린 게 없었기 때문이다.

라이오스에서 일어났던 그 엄청난 사건의 실상이, 한낱 인간의 말을 듣고 진청 군사를 속이기 위한 연극을 한 거라니……. 지나가던 개도 믿지 않을 것이다. 차라리 제삼자가 있고 교국과 공화국의 사이를 갈라놓으려고 한다고 생각하는 게 더 현실적이다.

이래서 안 된다는 걸 알고 있지만 점점 더 표정이 어두워져만 갔다. 개미만 한 목소리로 중얼거리자 곧바로 대답이 들려왔다.

"어떻게…… 단언할 수 있습니까 비숍 사제님."

"그래서 대화를 해보겠다는 게야."

"……"

"그래서 대화를 하고 싶다는 걸세. 내 눈으로 직접 그가 어떤 사람인지…… 정말로 신의 선택을 받은 사자가 맞는지. 어떤 생각을 하고 있는지. 그리고……"

"……"

"대륙을 실제로 위협하고 있는 존재가 실존하고 있는지."

"……"

"듣고 싶은 것이 많아. 그자의 말대로 우리가 뭔가 잘못 생각하고 있을 수도 있네. 우리가 검을 들어야 할 대상은 서로가 아니야."

"대화는……"

"부탁일세."

"허가해 드릴 수 없습니다."

"예브 카리나!"

"공식적으로는 말입니다."

"아……"

"공식적으로 허가해 드릴 수는 없습니다. 만약 비숍 상급 사제님께서 이기영 명예추기경을 만난다는 게 밝혀진다면…… 사기에 커다란 영향을 미칠 겁니다. 적들의 선전 전술로 활용되지 않으리라는 보장도 없고요. 하지만…… 비공식적으로는 만날 수 있도록 조치를 해보겠습니다. 물론 그건 저들의 동의가 필요한 부분이겠지만요. 일단은 저희 뜻을 전달할 수 있도록 하겠습니다. 빠르면……."

"최대한 빠르게."

"알고 있습니다. 비숍 상급 사제님. 전쟁이 얼마 남지 않았으니까요."

자신이 현재 잘하고 있는지 아닌지에 대해서는 알 수가 없다. 여러 가지를 한꺼번에 생각하기에는 머릿속이 무척이나 복잡해졌으니까. 하지만 비숍 상급 사제의 제안에 고개를 끄덕인 이유 정도는 알고 있다.

'진실을 알고 싶으니까.'

서신을 보낸 지 약 한 시간이 지난 직후. 에베리아 왕국으로부터 똑같이 편지 한 통이 도착했다. 커다란 기대를 하지 않았던 것도 사실. 하지만 이기영 명예추기경의 편지는 완벽한 긍정을 뜻을 내포하고 있었다.


[저 역시 이번 일을 대화로 풀어나가고 싶습니다. 빛의 사랑을 받으시는 비숍 상급 사제님의 결단과 아름답고 고귀한 예브 카리나 님의 양보에 경의를 표합니다. -이기영 명예추기경 올림.]


"어떤가…… 예브 카리나 자네도 함께 갈 텐가."

그 질문에 쉽사리 고개를 끄덕일 수가 없었다.

'저는 이곳에 남아 자리를 지키겠습니다.'

'그런가.'

'네, 만약 세 시간 내에 돌아오지 않으면⋯⋯.'

'그럴 일은 없을 걸세.'

'아뇨, 만약 세 시간 내로 돌아오지 않으신다면 곧바로 병력을 보낼 수 있도록 하겠습니다. 분명히 말씀드렸습니다. 딱 세 시간입니다. 비숍 사제님.'

'알겠네, 세 시간 안에는 꼭 돌아오도록 하지.'

'조건은 이번 만남을 선전에 사용하지 않는 것입니다. 꼭 말씀해 주셔야 합니다. 그리고 돌아오신 직후에는⋯⋯.'

'예브 카리나, 자네에게도 무슨 이야기를 나누었는지 전하도록 하지.'

'네, 그럼 부탁드립니다. 비숍 상급 사제님.'

'아니, 오히려 이쪽이 더 고맙군. 무리한 부탁이었을 텐데⋯⋯ 그럼 다녀오도록 하겠네.'

'입구까지는 함께 나가도록 하겠습니다.'


정확히 2시간 22분 전에 나눈 대화가 계속해서 기억 속에 맴

돌고 있었다. 잘한 걸까 하는 생각이 내려꽂힌 것은 당연지사.

전시 중 대치하고 있는 병력 간의 소통이 불가능한 것은 아니지만 이번 일은 확실히 예외라고 부를 만했기 때문이다. 심지어 상급 부대의 허락조차 구하지 않았다.

이기영 명예추기경과 공화국의 상급 사제의 만남. 이쪽에서 먼저 제안해 온 것을 그렇게 쉽게 수락할 줄은 상상도 하지 못했다.

'함정이라고 생각하지 않는 건가?'

교국에 입장에서는 충분히 함정이라고 판단할 만하다. 공화국은 이기영 명예추기경을 비방하는 내용의 선전을 주로 담고 있었고 실제로 그를 대륙의 공적으로 지목했었으니까.

하지만 약속 장소에서 기다리고 있었던 그의 모습은 지나치게 평온해 보였다. 정말로 함정이라고는 생각하지 않았던 얼굴. 잠깐 마주쳤을 뿐이었지만 조용히 미소를 짓고 있었던 그의 모습은 아직도 뇌리에 박혀 있다. 공화국 진영이 쓸데없는 짓을 하지 않으리라는 것을 믿고 있던 것 같다.

'아니…… 어째서 나는 비숍 사제님과 함께 들어가지 않은 걸까.'

이곳을 지켜야 한다고 이야기를 하겠다는 것도 어떻게 생각하면 변명. 사실 답은 이미 나와 있다.

'흔들리지 않을 자신이 없었으니까.'

그 말 그대로였다. 자신이 가지고 있는 가치관이 자신이 믿고 있는 공화국이, 믿고 있는 모든 것들이 무너질까 무서웠을 것이다.

진실을 알고 싶어 하는 것은 맞다. 하지만 그와 직접 마주할 자신은 없다. 모순적이기는 하지만 어쩔 수 없다고 생각했다. 나는 겁쟁이니까.

'싸워야 할 사람이기도 하고……'

괜스레 창밖을 바라보니 아직도 그들이 대화를 나누고 있는 작은 텐트가 시야에 들어왔다. 어떤 대화가 오가는지 궁금했다.

옆쪽에서 목소리가 들려온 것은 바로 그때였다.

"괜찮으시겠습니까? 예브 카리나 님."

"아, 쥔윙. 와 있었군요."

"……"

"아마 괜찮을 겁니다. 저쪽에서도 딱히 모난 짓을 해오지는 않을 거니까요. 아무리 비공식적인 대담이라고는 해도 사제들끼리의 대담입니다. 비숍 상급 사제님은 물론이거니와 그 역시 그런 멍청한 짓을 해오지는 않을 겁니다."

"그렇군요. 비숍 상급 사제님은……"

"걱정하실 필요 없습니다. 조금 꽉 막힌 구석이 있으시지만, 그분이야말로 공화국에 정말로 필요한 사람입니다. 절대로 본

국에 해가 되는 일을 하지는 않을 겁니다. 그분의 입장에서는 오히려 저희가 못 미더워 보이시겠죠. 저희는 이방인이니까요."

"그렇기도 하겠군요."

"네."

"한데 카리나 님."

"예."

"이유가 뭡니까?"

"이유 말입니까?"

"예, 솔직히 잘 이해가 되지 않습니다. 물론 비숍 사제님의 체면 때문이라고는 하지만……."

"글쎄요, 저도 잘 모르겠습니다. 정말로요."

"……."

"진청 군사님을 의심하는 것은 아닙니다. 하지만 이번 전쟁은 어딘가 석연치 않은 구석이 있어요. 누군가의 시나리오대로 움직이고 있다는 느낌말입니다. 아마……."

"네."

"아마도 전쟁은 공화국에서 먼저 일으켰을 겁니다. 확실하지는 않지만 높은 확률로요."

"그건……."

"개인적인 생각입니다. 그리고 최대한 억누르고 있는 생각이기도 하고요. 물론 공화국이 잘못되어 있더라도 저는 공화국의 편에, 군사님의 곁에 함께할 겁니다. 그건 변하지 않습니다, 쿼웡. 하지만……."

"네."

"진실이 뭔지는 알고 싶습니다. 아무것도 모르는 채로 끌려다니고 싶지는 않아요. 비숍 사제님의 제안에 고개를 끄덕인 것은 그런 이유 때문입니다. 무엇 때문에 싸워야 하는지는 알아야 해요. 최소한 저는 그렇습니다."

"그렇군요."

"쿼웡은 한 번도 공화국을 의심해 본 적이 없습니까?"

"없지는 않습니다만…… 카리나 님처럼 깊게 생각해 본 적은 없는 것 같습니다. 물론 카리나 님이 가지고 계시는 생각은 충분히 이해할 수 있습니다. 하지만…… 너무 깊게 빠지시는 것도 좋지 않을 겁니다. 생각해 보니 군사님께서는 항상 그런 카리나 님이 걱정된다고 말씀하셨죠."

"정말인가요?"

"네, 생각이 깊은 것은 장점이지만 너무 빠지는 것은 단점이라고 하셨습니다. 또 그런 성격 탓에 전장에는 어울리지 않는다고도 말씀……."

괜스레 씁쓸한 웃음이 지어졌다. 자존심 상하지만 충분히 공감할 수 있었기 때문이다.

들어가는 쪽이 아닌 지키는 쪽으로 배정받은 것 역시 사실은 그런 이유. 캐슬락 쪽이 아닌 에베리아와 대치하고 있는 것이 그런 연유다.

"잘 알고 계시는군요. 군사님께서는……."

"하지만 그렇기 때문에 이런 장소에서 더 빛을 발하실 거라 하셨습니다."

"……."

"……."

"하하, 그건 기분 좋은 소식이네요. 저를 생각해 주고 계셨다니 정말로…… 기분 좋은 소식이네요."

"이기영 명예추기경 그자의 말을 절대로 믿지 말라고 한 것은 무언가 이유가 있을 겁니다."

"네. 그것 역시……."

'분명히 이유가 있겠지.'

"싸우는 이유라고 말씀하셨죠. 조금 전에 말입니다."

"네. 맞습니다, 쿼윙."

"현재 카리나 님을 믿고 있는 이들을 위해 싸운다는 거로는 이유가 부족합니까?"

"아……."

왠지 모르게 머릿속이 깔끔해지는 듯한 기분이 든 것은 당연지사. 복잡했던 것이 한꺼번에 정리되는 듯한 느낌이었다.

물론 정리된 것은 아무것도 없다. 여전히 의심의 씨앗은 가습속에서 자라나고 있었고 여러 가지 생각들 때문에 머리가 아프다.

하지만 뭘 해야 할지에 대해서는 알 것 같은 기분이 든다. 눈앞에 주어진 일에 최선을 다해야 한다는 것. 당장은 그것뿐이다.

어찌 됐건 전투는 벌어질 거고 실수하면 많은 이가 죽게 될 거다. 공화국의 병사들과 교국의 병사들이 부딪치는 것은 피할 수 없는 사실. 어느 쪽이 아군인지 어느 쪽이 적군인지는 이미 정해져 있다.

"그렇군요……. 네, 그렇네요."

입가에는 알 수 없는 희미한 미소도 번진다. 어처구니없게도 그런 간단한 것을 잊고 있었던 것이다. 전술이라는 것은 효율적으로 이기는 방법이다. 아군의 피해를 최소화시키며 전투에서 승리하는 방법이다. 해야 할 일은 정해져 있다.

"슬슬 일어나 볼까요. 세 시간이 지났습니다."

"네. 카리나 님."

발걸음을 옮긴 지 얼마 되지 않아 모습을 드러낸 비숍 사제님이 시야에 비쳤다. 조금 의외였던 것은 이기영 명예추기경. 그자가 함께 걸어오고 있다는 것. 물론 호위들이 함께 이기는 하지만 너무나도 태연한 모습은 조금 신기하게 보일 정도였다.

조금은 찢어졌다고 할 수 있는 눈, 오똑한 콧대와 이상하게 붉어 보이는 입술. 전체적으로 잘생겼다고 하기에는 힘들었지만 어딘지 모르게 야하게 느껴지는 듯한 얼굴이다.

하지만 미소를 보이자 무척이나 선해 보이는 얼굴이 눈에 들어왔다.

"이야기는 들었습니다. 예타 카리나 님. 어려우신 결정을 해주셔서 감사드립니다."

"아니요. 명예추기경님. 약속은 꼭 지켜주시기 바랍니다. 이번 대화는……"

"물론 선전에 사용하지 않겠습니다. 신에 대해 이야기를 나누는 모습을 그런 방식으로 사용한다는 것은…… 저도 즐기는 편이 아니니…… 어떻습니까? 이대로 헤어지기에는 조금 아쉬운 것 같은데 함께 대화라도 나눠보심이……"

"아닙니다, 곧바로 돌아가도록 하겠습니다. 호의는 감사드리지만, 지금은 적이니까요. 이후, 모든 일이 끝나면 한번 뵙도록 하겠습니다. 서로 죽지 않는다면…… 제가 먼저 찾아뵙겠습니다."

"그렇군요, 서로 죽지 않는다면…… 네. 그렇게 결정하셨군요."

"……"

"아쉽지만……. 아니, 음, 정말로 아쉽게 됐습니다. 저 역시 싸움을 바라는 것은 아닙니다만 현재 저희가 처한 상황을 이해해 주셨으면 합니다. 카리나 님."

"물론 이해하고 있습니다. 그쪽도, 이쪽도요. 그럼 전장에서 뵙겠습니다."

"네, 만나는 곳이 전장이 될지는 모르겠지만…… 아무쪼록 잘 부탁드립니다. 그럼 안녕히."

천천히 등을 돌린 그의 모습이 보인다. 심지어 대화를 나누는 목소리까지 들려온다.

"형님 말대로 여기까지 나오긴 나왔지만 다음부터는 이런 일 없었으면 좋겠다니까. 거, 나는 심장이 철렁했는데 형님은 아무렇지도 않은 거요?"

"왜 아무렇지도 않겠어. 나는 믿은 것뿐이다, 덕구야. 저들도 그리고 너도."

"거, 고마운 말이기는 한데 조금 쑥스럽구먼. 일단은 빨리 돌아가는 게 좋겠소. 혹시 추격조가 따라올지도 모르니까."

"그럴 일은 없을 거다."

"형님은 너무 사람을 잘 믿어서 탈이요."

대화를 나누고 있는 대상은 아마 여신의 거울로 봤었던 그 전사가 틀림없으리라. 왠지 모르게 익숙했던 얼굴이라 생각하던 차. 관심이 가기는 했지만, 곧바로 고개를 돌릴 수밖에 없었다. 앞쪽에서 목소리가 들려왔기 때문이다.

"어떻게 할까요. 카리나 님. 지금이라도 레인저들을……."

"아닙니다, 굳이 그렇게까지 할 필요는…… 어차피 만나게 될 테니까요."

"네, 그럼, 그렇게 하도록 하겠습니다."

"그보다 비숍 사제님, 이야기는 잘 나누셨습니까?"

"……"

"비숍 사제님?"

"아…… 불렀나?"

"네, 이야기는 잘 나누셨는지……."

"뭐, 그렇다네. 내가 생각했던 것보다 더 좋은 사람인 것 같아서 조금 시간을 더 보내버렸지. 이거 미안하게 됐군."

"아뇨, 괜찮습니다."

"흐음…… 여전히 싸울 생각이구만……."

"네, 그럴 수밖에 없으니까요. 아마 상황을 바꿀 수 없는 건 명예추기경 역시 마찬가지일 겁니다. 서로 양보할 수 없는 상황이니……."

"아쉽게 됐군."

"그보다 의문은 좀 풀리셨습니까, 사제님?"

"사실 풀렸다고 하기에는 애매하지만 그래도 속은 좀 시원해졌네. 그가 어떤 생각을 하고 있는지도 대충은 알 것 같고…… 그가 어떤 사람인지도 알 것 같아. 이 늙은이의 눈이 확실하다면 그는 신의 선택을 받은 사자가 맞다고 할 수 있을 걸세. 아니, 확신할 수 있어. 그는 베니고어 여신에게 선택을 받은 성자가 맞아."

"그게 사실입니까?"

"암……."

"그렇다면 라이오스 사건은……."

"그가 저질렀을 리가 없지. 그는 그럴 사람이 아니야. 거짓말도 제대로 하지 못하는 사람이더군. 또 흘릴 피에 대해서 걱정하는 사람이기도 했고. 성자라는 표현이 딱 어울리는 사람이었지. 아암, 그렇고말고."

"그래도…… 저희는 싸울 생각입니다."

"그렇군……."

"이해해 주셔서 감사합니다."

"……."

"……."

"그보다 손에 들려 있는 건……."

"아, 포도주일세."

"네?"

"교국의 고위 사제들만 마실 수 있다는 신성한 포도주에 대해 들어보지 못했나? 오늘 마시고 조금 남은 걸세. 선물로 가져가라더군. 독이 들어 있거나 위험하거나 하지 않으니 걱정하지 않아도 된다네. 어떤가 같이 들어가 한잔할 텐가?"

"아니요, 저는……."

"함께 취하자는 이야기가 아닐세. 카리나, 잠깐 내 이야기를 들어주게나."

"그건……."

"아마 상당히 중요한 이야기가 될 게야."

왠지 모르게 모든 것이 찜찜한 기분이 든다. 하지만 천천히 고개를 끄덕일 수밖에 없었다. 안에서 정확히 무슨 이야기가 오갔는지에 대해서 제대로 파악해야 했으니까.

현재 공화국 진영이 가지고 있는 단점은 적군의 정보가 무지하다는 데 있다. 에베리아 왕국이 보유하고 있는 세계수의 영향. 이기영 명예추기경이 에베리아에 체류하고 있는지도 최근에 알았으니 다른 표현은 필요 없으리라.

숨기고 있는 카드가 그것뿐만이라고 생각하는 것이야말로 멍청한 일. 여러 가지 카드를 숨기고 있다는 걸 생각해 보면…….

'뭔가 정보가 있을 수도 있어.'

아주 작은 대화에서도 여러 가지를 추측할 수 있게 마련이다. 이 수성전 아닌 수성전을 효과적으로 마치기 위해서는 상대가 무슨 생각을 하고 있는지부터 파악해야 한다.

'꼭 수비하는 것만이 목적은 아니야.'

그 말 그대로, 쟁점은 얼마나 시간을 끄느냐에 있다. 시간상으로 생각하면 이르면 내일, 조금 느리면 그다음 날부터 전쟁이 시작될 확률이 높다.

적 병력이 캐슬락으로 도착하지 못하게 만들지 못하게 해야 하니 최소 5일은 붙잡아 놔야 한다. 적들이 도착하더라도 캐슬락을 점령한 이후가 되어야 한다는 거다.

"상황은 유리해."

성벽은 견고하고 병력은 우위다. 공성전의 입장이 아닌 수성전에 입장에 서 있다. 마법사들의 체력 분배와 사제들을 중심으로 긴 장기전을 유도한다면…….

'그렇게 쉽게 무너지지는 않을 거야.'

결단코 쉽게 무너지지는 않을 것이다. 이윽고 조금의 시간이 지난 직후 문을 두드리는 소리가 들려왔다.

누구인지는 뻔할 뻔 자. 조금 복잡한 표정을 한 채로 방 안으로 들어오는 비숍 사제님의 얼굴이 시야에 비쳤다. 어떻게 봐도 어두운 얼굴. 무슨 생각을 하고 있는지는 대충 알 수 있을 것 같았다.

'싸우고 싶지 않으신 거야.'

아마 틀림없으리라. 사제의 입장에서는 어떨 수 없을 것이다.

"하고 싶으시다는 말씀이 뭡니까, 비숍 상급 사제님."

"별건 아닐세. 아마 나보다는 예브 카리나 자네가 더욱더 듣고 싶은 게 많을 것 같다만……."

"그 말이 맞습니다, 상급 사제님. 현재 정보가 부족하다는 건 부정할 수 없는 사실이니까요. 교국 측에서 어떤 카드를 가지고 있는지. 또 안에서 어떤 대화들이 오갔는지에 대해서 말씀해 주셔야 합니다."

"단순한 사제들끼리의 대담이었어. 아마 듣는다고 해도 뭘 캘 수는 없을 걸세. 애초에 나눈 것은 전쟁에 관한 이야기가 아니었고……. 평화와 공존, 그리고 새로운 발걸음에 대해서였네. 여신님이 진정으로 원하는 바에 관한 이야기이기도 했고 또 우리 사제들이 앞으로 나아가야 할 방향이기도 했지. 모시는 신의 차이는 있지만 모두가 뿌리는 같으니……. 하하. 이기영 명예추기경. 그 사람은 원래 이곳에 들어오기 전까지는 무신론자였다고 하더군. 상상할 수 있겠는가? 무신론자라니……. 이 대륙에서 무신론자라니!"

"실제로 저희가 온 곳에서는 그와 같은 생각을 가지고 있는 이들이 많았습니다. 그곳에서는 신성력 같은 게 존재하지 않으니까요."

"끊임없는 전쟁이 있었다고 들었네. 이방인들이 온 지구라는 곳에서는 말이야. 재미있었던 것은 종교 때문에 일어난 전쟁도 그중 상당수를 차지했다는 게야. 물론 이곳도 성전이 일어나지 않는 건 아니지만……. 지구라는 곳과는 비교 자체가 불가능하겠지. 수많은 사람이 저마다가 가지고 있는 신앙심을 위해 싸웠다고 들었네. 있을지 없을지도 모르는 신을 위해, 모습을 드러내지도 않고 신성력도 내리지 않는 신을 위해 싸운다고……."

"분명히 그랬었습니다. 아니, 아마 지금도…… 싸우고 있을 겁니다."

"그는 그것을 이해하지 못했었지만 현재는 이해할 수 있다고 이야기했네. 물론 왜곡된 싸움을 이해할 수 있다는 의미가 아니야. 자신이 믿고 있는 것을 가치로 내걸고 싸우는 그 신앙을 이해할 수 있다고 말했어. 어째서 베니고어 여신님과 엘룬님이 그자를 자신들의 사자로 내세웠는지 알 수 있을 것 같았네. 이기영 명예추기경, 그자의 신앙은 순수해. 너무나도 하얀 사람일세."

"네?"

"그는 순수한 믿음을 가지고 있는 진짜 사제야. 자신이 가려고 하는 길이 위험하다는 걸 알면서도 그는 두려워하지 않아. 신의 이름으로 싸우기를 주저하지 않는다 말일세. 심지어는 그가 바리안 님의 교리까지 공부하고 있었다더군……. 하하하. 다시 한번 나를 되돌아보게 되는 시간이 됐어. 나는 과연 신의 이름을 내걸고 싸운 적이 있었나. 내가 성직자라고 말할 수 있는 자격이 있는가. 나는 지금껏 바리안 님을 위해서 무엇을 했는가에 대해서 말일세."

"여러 가지를 해주셨습니다. 그리고 비숍 상급 사제님은 앞으로도 많은 것을 함께해 주실 겁니다."

"아니, 내가 한 일이라곤…… 아무것도 없네. 신을 위해서 한 일이라고는 아무것도 없어."

"그렇지 않습니다, 사제님."

"길을 열어주게나."

"네?"

"길을 열어야 하네. 그들에게는 대의가 있고 우리들에게는 그런 것이 없어. 싸움을 피해야 하네. 공화국민들이 쓸데없는 피를 흘릴 이유가 없어. 그가 원하는 것은 빛의 이름 아래 하나가 되는 것이 전부일세. 악마 소환사 진청을 잡아 이 혼란을 종식시키는 것이 그거 원하는 전부야. 길을 열고 함께 캐슬락으로 향해야 하네."

"네?"

"그들과 함께해야 한다고 이야기했네. 예브 카리나."

"지금 무슨 말씀을 하시는 겁니까, 비숍 상급 사제님. 지금은 전시입니다. 길을 열다니요? 무슨 말도 안 되는 말씀을……. 그리고 진청 군사님께서 그럴 사람이 아니라는 것은 그 누구보다 비숍 사제님이 더 잘 알고 계시지 않습니까."

"나는 가능성에 대한 이야기를 하고 있는 것이라네. 정말로 본인이 떳떳하다면 어째서 대륙 재판에 모습을 드러내지 않았던 것인가. 어째서 교국의 질문에 답변하지 않는 것으로 일관했던 것인가. 그자는 악마 소환사가 맞아. 내가 이 두 눈으로 똑똑히 봤네."

"취하신 것 같습니다. 이야기는 내일 마저 듣도록 하겠습니다. 지금은 돌아가 주십시오."

"나는 지금 허투루 하는 이야기가 아닐세, 예브 카리나. 내가 똑똑히 봤다고! 신의 계시를 받았다고 말하지 않았는가! 그자는 악마 소환사가 맞아……. 제대로 된 종교재판을 받아야만 하네."

"취하신 것 같다고 말씀드렸습니다! 비숍 사제!"

"진청 그자는 악마 소환사라고 말하지 않았는가! 예브 카리나!"

"더 이상 쓸데없는 소리를 지껄인다면 군법으로 다스리겠습니다!"

"……."

"……."

"미안하네, 내가 잠깐 흥분한 것 같으니……."

"후우, 아닙니다. 사제님의 마음도 충분히 이해할 수……."

"같이 한 잔 마셔 주겠는가."

"저는 괜찮습니다, 사제님. 머리가 아프니 돌아가도록 해주세요. 그리고 오늘의 일은 불문에 부치도록 하겠습니다. 아니, 들지 않은 것으로 하겠습니다. 부디, 다시 한번 생각해 주세요."

"알겠네, 알겠어……."

"말씀을 많이 드리지는 못했지만 저는 사제님을 많이 존경하고 있습니다. 내일은 웃으면서 뵙고 싶습니다."

"……."

천천히 밖으로 나가는 사제의 뒷모습이 보였다. 축 처진 어깨가 괜스레 시야에 들어왔다. 무슨 대화를 했는지조차 알 수가 없을 지경.

입술이 꽉 깨물어진다. 테이블 위에 따라져 있는 포도주가 괜스레 시야에 들어온다. 저도 모르게 녀석을 들어 올렸다. 하지만 이내 인상을 구기며 비숍 사제가 따라준 그 술잔을 바닥으로 던질 수밖에 없었다. 자신의 선택이 실수였다는 걸 인지한 탓이다.

"빌어먹을."

그리고.

"자네는 그 술을 마셨어야 했네, 예브 카리나."

목소리가 들려온 곳으로 고개를 돌리자 어두운 방문 틈 사이로 백발의 노인이 보였다. 눈은 광기로 가득 차 있고 얼굴에는 알 수 없는 적의가 감돈다. 주문을 외우는 것은 당연.

하지만 갑작스럽게 달려든 노인의 손에 들린 단검을 보는 순간, 갑작스러운 공포와 당황스러움이 머릿속을 덮쳤다.

이런 상황을 겪어보지 않은 것은 아니다. 하지만 너무나도 비정상적인 비숍 사제의 모습은 다른 생각을 하기 힘들게 만들었다.

"아아아아아아악!"

"자네는 그 술을 마셨어야 했어! 내가 건넨 그 신성한 포도주를!"

"이, 이 미친 늙은이가!"

"내가 미쳤다고? 내가 미친 것 같아? 미친 것은 네년이지. 이 더러운 악마의 하수인 년이!"

"무슨…… 소리를!"

"네놈들 악마 숭배자 놈들의 계획을 우리가 모를 것 같으냐! 캐슬락에 다시 한번 그 악마를 소환하려고 하는 계획을! 그곳에 있는 모든 이를 제물로 삼아 다시 한번 완전한 악마의 소환을 꾀하려고 하는 걸 모를 것 같아? 바리안 님에게 계시를 받은 내가 뻔히 보이는 그 수에 속을 줄 알았단 말이냐!"

"이 미친!!!"

"나는 보았다! 미래를 보았고 실제로 체험했단 말이다! 나 역시 계시를 받았다! 바리안 님의 계시로 공화국이 불바다가 되는 것을 보았어! 네놈들이 캐슬락에서 무슨 짓을 하려고 하는지! 전부 깨달았다, 이 아둔한 것아! 이 전쟁을 어째서 일으키려고 했는지 전부 깨달았단 말이다!"

"이거…… 놔!"

"감히 이기영 명예추기경을 해하려고 들어? 그가 신의 선택을 받았다는 것을 알고 있으면서도 그를 해하려고 들어?! 그는 바리안 님의 아들이며 선택을 받은 사자다! 네깟 악마 하수인 년이 어떻게 할 수 있는 분이 아니야!"

"미친…… 늙은이!"

순간적으로 머릿속이 하얗게 변하는 것 같다. 발버둥을 쳐 보지만 다시 한번 배에 틀어박힌 금속 때문에 말을 내뱉기가 힘들었다.

"나도 싸울 것이다. 공화국민들을 지키기 위해 바리안 님의 기대에 보답하기 위해 싸울 것이다! 이기영 명예추기경과 뜻을 함께할 것이다!"

시야가 흐릿해진다. 하지만 정신을 제대로 붙잡고 있어야 한다고 생각한 것은 당연지사. 더듬더듬 팔을 뻗자 무언가 알 수 없는 형태의 물건이 손에 잡혔다.

그대로 머리로 내려쳐 버렸다. 순간적으로 중심을 잃은 비숍 사제가 땅바닥으로 쓰러지자 구속이 풀린 목에서는 절로 캑캑거리는 소리가 튀어나왔다.

무슨 일이 일어났는지는 알 수 없다. 하지만 지금 확실한 것은 비숍 사제가 정상이 아니라는 것.

전방을 다시금 바라보자 깨진 머리가 신성력으로 빠르게 회복되고 있는 모습이 보였다.

"드디어 본색을 드러냈구나……. 더러운 악마의 하수인아."

"아니, 나는 그런 게……."

"이 더러운 년!"

"나는 그런 게 아니야!!!"

다시 한번 칼을 내뻗는 사제를 향해 손에 들려 있는 물건을 내려쳤다. 순간적으로 둔탁한 감촉이 느껴졌지만 이미 공포에 휘둘린 몸은 통제를 벗어난다. 살기 위해서. 살기 위해서 이성을 던진다.

"나는!"

"으헉!"

"악마의!"

"크허어억……."

"하수인 같은 게 아니야!"

"커헉!"

"단지 지키고 싶을 뿐이야!"

"아아악!!"

"공화국을! 군사님을 지키고 싶을 뿐이야!"

"이…… 더…… 운…… 하……."

"죽어!"

"……."

"죽어! 이 변절자!"

"……"

"죽어어어!!!"

얼굴에 끈적끈적한 뭔가가 튀었다. 힘없이 팔을 늘어뜨리니 손에 들려 있는 것이 시야에 들어온다.

바리안 님의 조각상. 검과 방패를 든 채로 피투성이가 되어 버린 바리안 님의 조각상이다.

이유는 알 수 없다. 하지만 그 조각상을 보니 왠지 모르게 실소가 흘러나온다. 거대한 소리가 튀어나온 것은 바로 그때였다.

콰아아아아아아아앙!

미처 사태를 파악하기도 전, 보고를 위해 들이닥친 병사들의 얼굴이 하얗게 질리는 게 눈에 보였다.

"예브 카리나 님! 이종족 연합이 성벽으로 몰려들고 있습니…… 무, 무슨 짓을……"

"……"

"무슨 짓을!!!"

대답할 수 있을 리가 없다. 온몸에 힘이 점점 빠져나가고 있었으니까.

'역시…… 군사님이 옳았어. 군사님이…… 옳았던 거야.'

괜스레 전에 들었던 목소리가 머릿속에 울려 퍼지는 것처럼 느껴졌다.

'그자를 믿어서는 안 됩니다, 예브 카리나. 절대로요.'

"역시…… 군사님은…… 틀리지 않았어……."

# 106장
## 성전

'계획대로는 아니네.'

-죽어!

-……

-죽어! 이 변절자!

-…….

-죽어어어!!!

'살벌하다. 살벌해.'

그 말 그대로, 여신의 거울에 비치는 예브 카리나는 사실상
악마의 하수인과 다름없어 보인다.

바리안 님의 조각상을 들고 공화국에서 존경받았던 사제의 머리통을 후려치는 모습은 누가 봐도 사이코패스 살인마. 1회차 여단의 일원이라고 해도 믿을 수 있을 정도. 아니, 여단 정도가 아니다. 누가 봐도 부정할 수 없는 악마 하수인이다. 벨리알도 기쁘다고 박장대소를 터뜨릴 정도의 외관이었다.

'저거 물건이네, 물건이야.'

얼굴이 피로 뒤범벅이 된 것은 물론 머리카락은 산발이 되어 있다. 입고 있는 의복 역시 마찬가지로 피투성이. 저 정도면 현장에서 잡힌 현행범이나 다름없다.

사실 의도한 바와는 조금 차이가 있지만 이런 흐름도 나쁘지 않다고 생각했다. 본래대로였다면 정의를 위해 움직이고 계시는 비숍 사제님이 죽는 불상사는 일어나지 않았을 것이다. 그자 역시 충분히 써먹을 수 있는 곳이 있을 테니까.

'비숍 상급 사제님이 너무 급하게 움직이셨네.'

신성한 포도주가 비숍 상급 사제의 입맛에는 그다지 맞지 않는 모양. 급한 상황이라고 설명했지만 저 정도로 서둘러 움직일 줄은 상상도 못 했다. 이런 종류의 부작용 때문에 최대한 사용을 자제하기는 했지만.

'오랜만에 만난 적격자였으니까.'

빈손으로 보내기에는 뭔가 아쉬움이 있었다는 거다. 걱정이 없었던 것은 아니지만 걱정한 것과는 별개로 만들어진 결과 자체는 나쁘지 않다. 어찌 됐건 적 지휘관은 거의 초주검 상태가 됐고 마침 타이밍 좋게 공화국의 병사가 들이닥치기까지 했으니까. 혼란이 일어나지 않을 리 없다는 말이다.

비숍 사제의 처절한 순교는 곧 부대 내에 퍼지게 될 것이고, 백번 양보해 저들이 악마 하수인의 정체를 숨기고 감추려고 한들 여신의 거울을 통해 모두가 진실을 보게 될 것이다.

사실 따로 작업을 칠 필요조차 없다. 지금 이 순간에도 안쪽에서 여러 소리가 겹쳐 들려오는 중.

기왕 순교하는 김에 제대로 순교하겠다고 마음이라도 먹은 모양이다. 휘하 사제들에게도 어느 정도 내용에 대한 전파를 했던 것이 틀림없으리라.

'공화국의 사제들도 제법이야.'

무시했던 내가 멍청하게 느껴질 정도. 공화국의 사제들은 교국과 조금 다르지 않을까 의심했던 것도 사실이다. 하지만 신을 위한 마음은 모두가 같다는 걸 다시 한번 확인할 수 있었다.

비숍 상급 사제의 희생적인 행동에 힘입어 공성전이 조금 더 손쉬워진다는 건 굳이 설명할 필요도 없다.

안 그래도 이제 막 출전을 앞둔 시점. 괜스레 밖을 바라보자 출전 준비를 마치고 있는 병사들이 시야에 들어왔다. 함께 싸우고 싶은 마음은 굴뚝같지만 아무래도 나에게는 안전한 후방 지원이 제격이다.

'연설 같은 것도 해야 하고.'

때마침 방문을 천천히 두드리는 소리가 들려오기 시작했다.

조심스레 밖으로 나가자 엘레나가 나를 기다리고 있다. 제법 오랜만에 보는 느낌이 들었지만 굳이 반가운 마음을 표현하지는 않았다.

괜스레 옆에 있는 정하얀의 눈치를 보고 있는 것 같기도 했고 출전을 앞두고 있는 지금은 약간 진지해질 타이밍이니까.

아니나 다를까 천천히 입을 열어오는 모습이 시야에 비쳤다.

"아마……."

"네?"

"아마 병사들에게도 큰 용기가 될 겁니다, 이기영 님. 너무 무거운 역할을 맡긴 것 같아 죄송합니다."

"아닙니다, 엘레나 님. 무거운 역할이라고 말씀하시니 민망할 뿐입니다. 마땅히 지켜야 할 장소입니다. 이곳 역시 이제는 제게 있어서 고향이나 다름없으니까요. 오히려 이런 자리를 마련해 주셔서 감사하기 그지없습니다."

"명예추기경님……."

"……."

"……."

"그럼 갑시다, 엘레나 님."

"네."

살짝 얼굴이 붉어지는 엘레나를 봤는지 정하얀이 짐짓 표정을 찡그렸지만 그리 신경 쓰지는 않았다. 아직 내 몸이 완벽하게 회복되지는 않았으니까.

단상의 위로 올라가는 순간은 언제나 기분이 좋다. 주변을 둘러보자 익숙한 얼굴들이 천천히 시야에 비쳤다.

어쩔 수 없이 전장에 서야 하는 파란의 길드원도 조금 긴장한 듯하다. 그나마 다른 이들은 의연해 보였지만 이런 대규모 전쟁이 처음인 유아영은 제법 긴장하는 듯한 모습. 태연한 김창렬이 조금은 신기하게 느껴질 정도였다. 박덕구는 얼굴에 알 수 없는 초조함이 깃들었다. 김현성 같은 경우도 마찬가지.

'심란해 보이네.'

물론 김현성은 조금 더 준비한 이후에 들어가는 게 낫다고 생각하겠지만 지금이 적기다.

당장 급한 것은 캐슬락을 지원하는 것. 이것저것 따질 상황이 아니라는 거다. 김현성이 기다려 마지않는 함정을 만들어야 하는 생각도 들기는 했지만 당장 그런 도박을 할 자신은 없다. 지금 내 눈앞에 있는 군대를 최대한 유지하며 캐슬락 전선으로 향해야 했으니까.

아무튼 간에 계단을 오를수록 점점 시야가 확장되었다. 후방에 위치한 지휘관으로서 내려다보니 어떻게 봐도 안전해 보인다. 물론 안심하는 듯한 표정을 보여줄 수 있을 리가 없다.

이건 중요한 전쟁의 시작이었고 대부분의 병력은 내가 상상하기조차 힘든 감정을 느끼고 있을 것이 틀림없다.

천천히 고개를 양옆으로 돌리자 저마다의 방법으로 불안감을 해소하고 있는 이들이 눈에 보인다.

어떤 이는 자신의 검이나 투구를 매만졌고, 또 어떤 이는 기도를 하고 있다. 또 어떤 이는 동료의 손을 잡거나 어깨를 두드리고 있었고 또 어떤 이는 조용히 눈앞의 적을 바라보고 있다.

이들의 공통점은 단상 위에 서 있는 내 목소리를 기다린다는 것 하나.

'압박감이 느껴지긴 하네.'

아무런 생각 없이 이 광경을 바라볼 수 있는 사람은 없을 거라 장담할 수 있다. 괜스레 구겨진 의복을 정리하며 입을 떼자 곧바로 귀를 기울이는 병사들의 모습을 눈으로 확인할 수 있었다.

"싸우는 데 있어 가장 중요한 것은 명분입니다."

-싸우는 데 있어 가장 중요한 것은 명분입니다.

시작은 가볍게. 하지만 목소리는 가볍지 않다. 무척이나 조용해진 장내. 다시 한번 입을 떼자 곧바로 목소리가 울려 퍼진다.

-네. 바로 명분입니다. 어째서 싸워야 하는지, 어째서 검을 들어야 하는지, 어째서 목숨을 바쳐야 하는지, 어째서 소중한 생명을 빼앗아야 하는지에 대해 목도하고 제대로 마주하는 것이 중요합니다. 우리는 검을 들어 올렸습니다. 우리는 싸우기로 마음을 먹었고 지금 적과 마주하고 있습니다. 여러분께 묻겠습니다. 여러분은 어째서 검을 들어 올렸습니까. 우리가 검을 든 대의와 명분은 무엇입니까.

대답이 들려올 리 없다. 어차피 답을 찾으라고 던진 질문은 아니었으니까. 하지만 모두가 느끼고 있을 것이다.

-어째서, 어째서 우리는 지금 이 자리에 있습니까. 어째서 검을 들고 두려운 적과 마주하고 있습니까. 목숨을 잃을지도 모른다는 사실을 알면서도 어째서 이 자리에 깃발을 들고 서 있습니까. 모두가 알고 계실 거라 믿고 있습니다. 아마 모두가 인지하고 계실 겁니다. 이 싸움은! 이 싸움은 미래를 위한 싸움입니다! 우리의 대의와 명분은 누가 먼저 침략했는지, 누가 대륙의 질서를 어지럽혔는지가 아닙니다. 우리의 명분은 앞으로 우리가 살아갈, 마땅히 누려야 할 미래에 있습니다.

이 말이 맞다.

-종족 간의 번영을 위한 미래! 이종족과 인간의 완벽한 화합이 함께하는 미래입니다. 서로 적대하며 싸우기 위해서가 아닌 화합과 조화로 이루어진 미래입니다. 저는 이곳에 있습니다. 헤아릴 수 없는 긴 시간 동안 이종족의 반대편에 서 있던, 인간이었던 제가 이제는 여러분과 함께 전장에 서 있습니다. 공통된 적에 맞서기 위해 현재 저는 이곳에 자리해 있습니다. 당장은 작은 발걸음이지만 곧 커다란 도약으로 이어질 것이며 우리가 함께 일구어내어야 할 이상향입니다.

슬그머니 옆에 있는 엘레나를 바라봤다. 엘룬 쓰레기의 딸이자 빛 폭탄 물약의 소중한 재료는 내 말에 조용히 미소를 보내며 고개를 끄덕였다. 아마 그녀에게 방금 말보다 더 달콤하게 들릴 문장은 존재하지 않으리라. 물론 다른 대다수의 엘프들에게도 마찬가지일 거라고 생각했다.
'화합과 조화라는 건 좋지.'

-그 미래는 이 대륙과 빛을 위한 미래입니다. 어둠이 드리운 대륙이 아닌 빛과 함께하는 미래를 위해서입니다. 베니고어, 엘룬, 바리안, 대륙 위에 존재하는 모든 빛이 조화롭게 살아가

는 미래입니다.

이건 중요하다. 그동안 너무 많이 언급해 짧게 끝내기는 했지만 빛을 위한 미래는 두 번 말해도 부족함이 없다.

목소리에는 확신을 담고 다시 한번 병사들의 얼굴을 똑바로 쳐다본다. 내 몸을 감싸는 신성력은 덤이었다.

지난 선전 활동에서 보였던 찬란한 빛을 기억하는지 몇몇 신앙심 깊은 엘프의 눈빛이 달라지기 시작했다.

-그 미래는 우리가 지켜야 하는 것들을 위한 미래입니다! 우리의 사상과 자유, 올바른 생각과 행동을 위한 미래입니다.

이것 역시 중요하다. 물론 규제가 아닌 획일화 되겠지만 가치로 안고 싸우기에는 부족함이 없는 소재다.

-그 미래는! 우리의 후대를 위한 미래입니다. 앞으로의 대륙에서 살아갈 우리의 후대를 위한 미래입니다. 우리의 아들들이 살아갈 곳은 어둠으로 가득 찬 대륙이 아닐 겁니다. 우리의 딸들이 살아갈 곳은 인간과 이종족이 서로를 향해 검을 들이미는 장소가 아닐 겁니다. 우리의 자식들이 살아갈 곳은 올바른 사상과 철학이 자리한 곳일 겁니다. 여러분은 이 모든 것

을 위해 자리해 있습니다. 우리가 지켜야 할 미래를 위해, 저마다가 꿈꾸고 있는 미래를 위해 이 자리에 있습니다. 누구는 가정을 위해, 또 누군가는 함께 술을 마시고 노래를 부르기 위해, 또 누군가는 사랑하는 이를 위해, 또 누군가는 신과 함께하는 미래를 위해 이곳에 있습니다!

'여기서 숨을 멈추고.'

-우리는 강합니다!

한 번 내질러 준다.

-대의가 있고 명분이 있는 이는 강합니다. 대의가 있고 명분이 있는 군대는 강합니다. 우리는! 승리할 것입니다! 대륙에 존재하는 모든 신의 이름 아래 우리는 승리할 것입니다. 각자의 이상향을 그리기 위해 그렇게 승리할 것입니다.

'좋고요.'

-미래를 향해 발을 걸어갑시다.

모든 병사가 앞으로 한 발 내디뎠다. 얼굴에는 확신이 깃들었고 모두가 무기를 고쳐 잡는다.

-그 발걸음이 바로 미래를 위한 걸음입니다. 함께 싸웁시다. 우리가 그리는 이상향을 위해. 우리의 후대들을 위해! 이 땅 위에 살아가는 모든 이를 위해! 나아갑시다!

함성이 터져 나온 것은 순식간이었다. 그들이 예의상 소리를 내지르는 건지, 아니면 단순히 공포를 잊기 위해 내지르는 건지는 구별할 수 없다. 하지만 함성이 점점 커진다. 드워프는 평소와 같이, 엘프들은 평소와는 다르게.

수많은 병력이 각 부대 지휘관의 신호에 맞춰 투구를 고쳐 쓰고 한 번 더 발걸음을 내디뎠다.

-전군! 전진!

커다란 전장 안에 빼곡히 들어선 병사. 그 모습이 장관이었다는 것은 굳이 설명할 필요도 없으리라.

-함께 갑시다! 빛과 함께 싸우는 자들이여!

'아무나 빛 좀 뿌려봐라!'

안 그래도 장관인 모습을 더 장관으로 만들어줄 VFX(Visual FX)가 없으니 뭔가 섭섭하게 느껴진다.

정말로 빛의 군대가 돌진하는 그림을 그리고 싶었던 것이 사실. 하지만 위에서 반응이 없는 것을 보니 아무래도 이런 전투에서 어느 한쪽에 손을 들어주는 것은 불가능한 것 같았다.

'빛만 뿌려주면 되는데 그걸 안 해주네. 섭섭하다! 베니고어야!'

섭섭한 마음이 솟아오르기는 했지만 하늘 위의 초월적인 존재가 어떤 개인이나 집단을 지지한다는 말은 들어본 적 없다. 물론 체험한 적은 있지만 그건 어디까지나 예외적인 경우. 아쉽기는 하지만 어쩔 수 없다고 생각했다.

'없어도 나쁜 건 아니니까.'

현재 보이는 장면만 해도 충분히 이상적이라는 거다.

이쪽은 빛의 군대고 저쪽은 악마의 군세. 누가 정의고 누가 악인지는 이미 정해져 있는 싸움이나 다름없다.

만족스럽게 그 광경을 바라보고 있는 와중에 들려온 것은 옆에 있는 엘레나의 목소리.

"⋯⋯!"

주문을 외우는 순간 신성력이 아군 병력을 뒤덮는다.

'키야!'

내 눈이 정확하다면 버프 종류의 신성 마법이 들어간 것이 틀림없으리라.

엘룬 쓰레기가 힘을 내려주지는 않았는지 발현된 신성력이 조금 아쉽기는 했지만, 그래도 최소한의 구색은 맞췄다는 데 의의가 있다.

'진짜 너무 쩨쩨한데. 엘룬 쓰레기……'

자신의 딸을 팔아넘길 때부터 예상하기는 했지만, 이런 상황에서도 도움 하나 주지 않는다는 건 확실히 녀석다웠다.

아무튼 간에 빛의 군대는 엘레나가 내뿜은 신성력에 영향을 받기 시작.

정작 주문을 발현한 엘레나는 귀가 추욱 늘어졌다. 가지고 있는 신성력의 대부분을 소진한 것처럼 보였다. 거의 모든 병력을 휘감았으니 저러는 것도 무리는 아니리라.

고개를 끄덕인 이후에는 다시금 발걸음을 옮기기 시작했다. 물론 전장에 함께 서려는 것은 아니다. 이지혜가 있는 상황실로 위치로 옮길 뿐이다. 언제 어디서 눈먼 화살이 날아올지 모르는 곳에서 드잡이를 하고 싶지는 않으니까.

"가자, 하얀아. 엘레나 님은 어떻게 하시겠습니까?"

"하아, 하아. 저는 이곳에서 전투를 지켜보고 싶습니다. 혹시라도 도움이 될지 모르니까요."

"너무 무리하시면 안 됩니다, 엘레나 님. 이번이 마지막 전투는 아닙니다."

"네, 명예추기경님. 가슴속에 새겨듣겠습니다."

'새겨들을 필요는 없는데……'

혹시라도 리타이어해서 회복하는 데 시간이 많이 걸린다면 이후 전투에서 그녀의 능력을 써먹기 힘들어진다. 안 그래도 뒤틀린 연못에서 소모한 체력이 완전히 회복되지 않은 타이밍. 이후를 바라봐야 하는 이쪽으로서는 전력을 최대한 숨기고 아껴야 한다.

정하얀에게, 우리 사랑스러운 회귀자에게도 이번 전투에서 다른 미션을 주지 않은 것은 바로 그러한 이유 때문.

정하얀의 임무는 다른 마법사들과 함께 여신의 거울을 유지하는 것이 전부고 김현성은 혹시 모를 사고에 대비하는 역할이 끝이다. 몇 번이나 날뛰지 말라고 말을 해놨으니 커다란 반전이 없는 이상 내 말에 따라 주리라고 생각했다.

물론 김현성이 힘을 써준다면 더 손쉽게 승리를 가져갈 수 있는 것 또한 부정할 수 없는 사실. 하지만 전력을 노출하는 것 자체가 꺼림칙하다. 현재는 적당히 전장을 누벼주는 것으로 충분하리라. 물론 파란 길드원을 케어하는 것은 김현성의 역할이다.

'아암, 그렇고말고.'

엘프나 드워프 몇몇 죽는 건 어쩔 수 없다고 생각하는 건 확실히 속물 같은 생각이지만 솔직한 심정이기도 했다.

눈에 마력을 집어넣으니 검을 검집에 넣은 채 주변을 살피는 김현성이 시야에 비쳐왔다. 다른 길드원들이 있는 위치를 눈에 담아두려 하는 것이 틀림없다.

'이건 안심할 수 있을 것 같고.'

적어도 걱정 하나는 덜 수 있다는 데 의의를 두는 게 맞으리라. 아무튼 제대로 된 공성전이 시작되기 전에 빨리 상황실로 가야 했기에 발걸음을 옮기자 곧바로 간이 천막이 눈에 들어왔다.

설치된 문을 열고 들어서자 눈앞에 보이는 것은 마력 홀로 그램들을 바라보고 있는 이지혜. 그 외 검은 백조의 몇몇 사람과 엘프, 드워프 측 지휘관까지 함께하고 있는 모습이 시야에 들어왔다.

'아주 좋은 환경이고요.'

실시간으로 전투의 흐름을 읽을 수 있다는 이점은 굳이 설명할 필요조차 없다. 커다란 메인 화면에서는 병력 전체의 모습이 눈에 보이고 다른 거울에서는 각 부대가 따로 보인다.

물론 네임드들 같은 경우에도 따로 화면을 빼둔 것은 당연지사. 김현성을 비롯한 파란 길드원, 엘리오스와 드워프의 영웅들처럼 전장에 커다란 영향을 끼칠 수 있는 영웅들은 따로 관리해 주는 것이 맞다.

이곳이 현대의 전장이라면 굳이 저렇게까지 할 필요도 없겠지만 대륙의 전쟁은 현대전과는 차이가 있다.

체스로 비유하면 편하다. 일반 병사들은 폰, 다른 영웅들은 각기 다른 능력을 지니고 있는 비숍이며 나이트며 퀸이며 룩이다.

폰 역시 잘 사용한다면 무기가 될 수 있다는 건 알고 있지만 그럼에도 다른 말의 중요성은 이루 다 말할 수 없다.

영웅급 이상의 모험가들이 할 수 있는 일은 단순히 몇 칸을 더 움직일 수 있는 게 아니다. 그들은 병력을 통솔하며 병사들의 앞에 앞장서고 자신을 포함한 주변의 폰들에게 영향을 끼친다.

마치 지금처럼.

"이리스, 이리야. 정령 마법 준비. 격돌 전 방어 마법 구현합니다. 휘하 정령사들 역시 마찬가지입니다."

'정령사 엘프 자매였었나?'

제대로 기억나지 않는다. 하지만 대략적인 스펙은 알 수 있다. 교국 8좌급이라 보기에는 애매하기는 했지만 충분히 네임드라고 부를 수 있을 정도의 수준을 가진 이들.

순식간에 그들의 등 뒤에 튀어나온 이형의 존재는 엘프들이 정령이라 부르는 이들이 확실하리라.

-아아아아!

뭔가 알아들을 수 없는 소리를 내뱉기 시작하자 곧바로 병사들을 감싸고 있던 방어 마법이 확실히 기존과 달라졌다. 정하얀도 신기한지 오랜만에 눈을 빛내며 화면에 집중하고 있는 모습.

이지혜가 다시금 입을 연 것은 바로 그때였다.

"적 궁수와 마법사의 마법이 다시 떨어질 예정. 다시 한번 방어 마법 구현합니다."

그녀의 목소리가 상황실에 울려 퍼진다. 아마 저 목소리는 여신의 거울을 통해 그대로 전파될 것이다.

'통신병들은 각자의 방법으로 각 지휘관과 네임드 영웅들에게 신호를 내보낼 테고.'

적들의 화살과 마법이 떨어지기 전 상황을 전달받은 이들은 곧바로 방어 마법을 구현할 것이다.

'전술의 천재 좋아하네.'

가면 쓰레기 진청은 물론 이 자리에 없다. 하지만 녀석이 지휘봉을 잡았는지 아닌지에 대한 여부는 크게 중요하지 않다.

전술의 천재고 나발이고 그 이전에 갖추고 있는 인프라의 수준이 다르다. 말하자면 녀석은 전술 전략은 아무리 노력해

봐야 보드게임 수준을 벗어나지 못하고 있다는 거다.

우리가 갖추고 있는 체계와의 차이점은 굳이 언급할 필요도 없으리라. 병력 전체가 어떻게 움직이는지, 또 세부적인 사항을 파악할 수 있는지. 녀석이 우리보다 더 잘 알고 있을 리가 없다. 상황실에서 전장으로 전달되는 명령의 하달 속도 역시 두말하면 입 아프다.

'이건 템빨이거든.'

여신의 거울로 갖춘 부대 지휘 시스템의 인프라는 후방에서 사용할 수 있는 전설 등급의 아이템. 무제한에 가까운 시야. 개인에게 전달이 가능한 통신체계. 심지어 적들의 마법이 날아오는 타이밍까지 계산할 수 있다.

이딴 걸 가지고도 전투에서 패배한다면 이지혜의 자질을 의심할 수밖에 없는 상황이라는 거다.

한차례 위기가 넘어간 이후, 이지혜가 이쪽을 바라보는 것이 눈에 보인다.

"파란 부길드마스터. 그리고 하얀 씨도 오셨군요."

"오랜만입니다. 지혜 씨."

"네. 그렇네요."

"현재 상황은……."

"좋다고 보는 게 맞을 것 같아요. 이유는 모르겠지만 적 병력은 확실히 혼란스러워 보이고 저희 쪽은 그렇지 않거든요.

어디서 영향을 받았는지는 모르겠지만 고마울 뿐이죠, 뭐. 덕분에 조금은 쉽게 갈 수 있을 것 같거든요. 물론 조심해야 한다는 건 변함이 없지만. 혹시 뭔가 전달할 사항이라도 있으신가요?"

"아뇨. 아직은 없습니다. 굳이 필요할 것 같지도 않고요."

"연설은 감명 깊게 들었답니다, 명예추기경님."

"그렇게 말씀해 주시니 영광입니다."

"제가 더 영광이죠. 뭐."

"어떻게. 이번 전투는 자신 있으십니까?"

"이길 수 있느냐 없느냐를 물으시는 건가요?"

"……."

"아니면 어느 정도의 피해를 입을지에 대해 걱정하시는 건가요? 단언컨대 지는 일은 없을 거예요. 오…… 아니, 명예추기경님. 이렇게까지 판을 깔아줬는데도 무능한 모습을 보이고 싶지는 않거든요."

'좋은 자세야. 좋은 자세.'

단순히 말뿐만이 아니다. 가면 쓰레기 정도라고 하기에는 힘들지만 그녀 역시 병법에 재능이 있다고 하면 있다고 말할 수 있다. 무지한 나는 뭐가 뭔지 정확히 이해하기 힘들지만 확실히 빛의 군세가 악마의 군세를 몰아내는 것처럼 보인다.

"3부대 지원. 엘리오스 님이 갑니다."

'좋고요.'

"선봉은 엘룬 나이트들이 섭니다. 사제들과 마법사들은 엘룬 나이트를 원호."

'아주 좋아요.'

"4부대는 성벽을 오르지 않습니다. 대기합니다. 대기."

'그거야, 지혜 누나. 바로 그거야.'

"7부대 휘하 마법사들은 성벽의 위를 공략, 성벽 위로 올라간 전사들은 저항하지 않는 바리안의 사제들은 보호 조치합니다."

'욜로!'

점점 성벽이 아군의 색으로 물들어 가는 것이 보인다. 성벽의 외곽 쪽은 이미 정령들에 의해 무너져 내린 지 오래. 꾸역꾸역 밀고 들어가는 방패를 든 드워프들은 적들의 입장에서도 상대하기 까다롭게 보였다.

병과 자체의 특성을 잘 이해하고 활용하고 있다. 적은 제대로 대응하지 못했고 준비가 된 연합군은 무척 유기적인 모습을 보여주고 있었다.

'장관인데.'

함께 상황실에서 상황을 지켜보고 있는 작전부의 다른 인원들 역시 제법 놀랐다는 표정이다. 이렇게 원활하게 일이 진행될 거라고는 생각하지 못한 모양이다.

물론 어느 한쪽을 기점으로 저항하고 있는 이들이 있기는 하다.

-막아! 올라오지 못하게 막아! 최대한 밀어내다 보면 이길 수 있다.

하지만 녀석 역시 얼마 지나지 않아 이마에 화살이 꽂혔다.

-아아아아아아악!

녀석뿐만이 아니라 일반 병사들 역시 마찬가지.

-커허어어억. 살려줘. 살려줘…….
-어머니, 어머…… 니…….
-지휘부는 뭘 하고 있는 거야! 사제들은 도대체 뭘…… 커헉!
-살려주세요, 살려…….
-지원! 지원! 사제! 사제들은 어디 있…… 쿨럭.

혼란스러워하며 죽음을 맞이하는 이들이 대부분이다. 당연히 그럴 수밖에 없다.

지휘관의 부재. 물론 예브 카리나 이후, 곧바로 인계가 되기야 했겠지만 그럼에도 혼란스러운 것은 변함이 없다. 사제들이 들고일어났으니 유지력 자체도 문제가 있을 것이 분명.

여러 불안요소 중에서도 녀석들에게 가장 문제가 되는 것은 아마 멘탈일 터. 괜히 대의와 명분을 가지고 있는 군대가 강하다 말한 것이 아니다.

머릿속에 의심을 품은 채로. 혹시나 자신들이 악마의 개수작에 놀아나는 것이 아닌가 하는 생각을 한 채로 검을 든다는 것 자체가 어불성설이다.

녀석들 중 대부분은 단순히 살기 위해 검을 휘두르는 것뿐이리라. 뇌 속에 마구니가 든 채 싸우는 군대만큼 상대하기 쉬운 이들도 없다는 말이다.

"역시 명분이 있는 군대는 강하다니까."

빛의 군세가 악마의 군세를 때려잡는 광경은 무척이나 흐뭇하게 느껴질 정도였다.

대부분의 인간은 유약하다.

특히나 이런 상황에 처한 이들일수록 약해진다.

서로 죽이고 죽는 상황을 평범한 인간이 견딜 수 있을 리가 없다.

'그렇기 때문에 중요한 거야.'

그렇기 때문에 대의와 명분은 더욱더 중요해진다.

신을 위해서 싸운다. 나라를 위해서 싸운다. 가족을 위해서 싸운다.

따위의 생각을 하게끔 교육하는 게 바로 그러한 이유.

'우리가 옳다'라는 명분 역시 마찬가지다. 지키기 위해서 싸우는 것과 침략하기 위해 싸우는 것에는 엄연히 차이가 있다.

저들의 경우에는 대의와 명분을 잃었다. 중간 지휘관들은 나름대로의 사명감에 불타 열심히 소리치지만 저런 외침이 일반 병사들의 귀에 들어갈 리 없다.

전쟁의 시작부터 그 목적까지 의심하는 상황. 혹여나 자신들이 악마 소환사에게 속은 것은 아닌가 하는 생각을 하고 있다면, 이미 뇌에 마구니가 낀 것이나 다름없다.

단지 공포에 질려 화살을 쏘아 보내는 것이 최선. 소리를 지르며 상황을 벗어나려고 애쓰는 이들은 오히려 양반이다. 싸우는 것을 포기하는 사람이 부지기수. 수세에 몰릴수록 상황은 더욱더 악화된다.

눈에 보이는 효과와 팩트라는 건 이만큼 강력하다. 아마 현재 여신의 거울로 비치는 장면은 녀석들을 더욱 혼란스럽게 하기에 충분하리라.

-죽어!

-…….

-죽어! 이 변절자!

-…….

-죽어어어!!!

예브 카리나가 공화국의 국민들에게 존경받는 비숍 사제를 바리안 님의 조각상으로 후려치는 장면은 이번 선전에서 백미 중 백미다.

한참이나 아군 병력이 들어서고 있는데도 불구하고 멍하니 하늘을 바라보고 있는 공화국 병사들이 보인다. 물론 앞 상황이 삭제되기는 했지만 어차피 대부분의 인간은 과정에 중점을 두지 않는다.

어째서 악마 하수인 예브 카리나가 비숍 사제들을 죽였을까. 그런 이유보다는 그녀가 그의 머리통을 후려친 상황 자체에 집중한다는 말이다.

물론 인간이 그 정도로 멍청하지 않다고 생각하는 사람도 있을 수 있겠지만 자극적인 기사나 뉴스, 선전지에 낚여 불타오르는 현대인들을 생각하면 꼭 그렇지도 않다.

하물며 공화국민들은 선전지 정보에 익숙하지 않다. 효과가 더욱더 클 수밖에 없다는 건 굳이 언급할 가치도 없으리라.

비명과 울부짖는 소리가 끊이지 않는 전장. 쉴 새 없이 명령을 하달하는 이지혜를 뒤로하고 슬그머니 주변을 둘러보자 열심히 활약하고 있는 파란의 길드원들이 보였다. 꽤나 무난하게 움직여주는 모습들을 보니 내가 다 자랑스러울 지경.

그중 조금 눈에 띄는 것은 박덕구였다. 활약하고 있기 때문이 아니다. 오히려 그 반대. 뭔가 움직임이 평소와 같지 않은 느낌이다.

방패를 들고 앞으로 성벽의 위로 올라가기는 했지만 능력치답지 않은 활약을 보여주지 못하고 있는 게 눈에 보일 정도였다.

간혹 토끼 눈으로 주변을 둘러보기도 했고 전투 자체에 집중하지 못하는 모습이 가관이다. 오히려 옆에 있는 유아영이 더 좋은 모습을 보여주고 있을 정도였으니 다른 표현이 필요 없으리라.

-선배님. 앞! 앞!

-거, 알고 있다니까!

-살려줘……

-…….

-움직여야 해요. 선배님! 선배님! 어디 상태 안 좋으신 건 아니죠?

-그런 건 아니지만……

-명령 떨어졌어요. 4부대가 올라오기 시작했다고……. 지금 움직여도 되는 거죠?

-으, 응…… 그렇게 하는 게 좋을 것 같…….


확실히 우물쭈물하고 있다. 전쟁의 참상에 적응하지 못하는 모습이다. 살려달라거나 어머니를 부르짖는 적군 병사에게서 시선을 떼지 못하고 있는 것을 보니 확실히 혼란을 느끼고 있는 것처럼 보였다.

'하……. 이 새끼.'

입술을 꽉 깨물게 된다. 저렇게 어처구니없는 꼴을 보여줄 거라고는 생각하지 못했다. 완전히 적응할 거라고는 기대하지도 않았지만 그래도 중간은 해줄 거라고 했던 내가 바보같이 느껴질 지경. 지금 당장 귀환시켜야 하는지에 대해 고민해 볼 정도였다. 저런 모습으로 돌아다니면 눈먼 화살에 맞기 딱 좋으니까.

옥이야 금이야 키워놨더니 밥값도 못 하는 모습을 보니 마치 방구석에서 틀어박혀 나오지 않는 아들내미를 보는 것 같은 느낌이 든다.

'새삼스럽게 왜 저래?'라는 생각이 떠오르는 것도 무리는 아니라는 거다. 혹시나 정말 몸이 안 좋은 것이 아닌가 중얼거리다 문득 뭔가를 깨달은 것은 바로 그때. 그동안 전혀 신경 쓰지 않았던 것이 떠오른 것이다.

'이 새끼가…… 경험이 있었나?'

천천히 기억을 더듬어 보았다. 하지만 아무리 기억을 뒤져 봐도 녀석이 경험을 했던 장면 자체가 떠오르지 않는다.

간접적으로는 많이 봐왔을 것이다. 하지만 녀석이 직접 손을 쓴 적은 없다.

내가 처음 손을 썼던 유석우 때도 눈을 꼭 감고 있었고, 이런 일이 있을 때마다 자리를 슬그머니 피하기도 했다. 물론 같은 인간과 몸을 부딪친 적이 없는 건 아니었지만 직접적으로 마무리를 한 적은 없다.

'진짜 없는 것 같은데?'

솔직히 조금 당황할 수밖에 없었다. 대륙에 들어온 이상, 누구라도 한 번쯤 경험을 하게 마련이다. 운이 나쁘면 튜토리얼 때부터, 그게 아니라면 대륙에 들어온 이후가 될 수도 있다.

같은 인간이 아니더라도 인간형의 몬스터가 상대가 될 수도 있고 범죄자나 도적이 상대가 될 수도 있다. 하지만 내 기억에서 박덕구는 이와 비슷한 경험을 한 적이 없다.

그동안 눈치채지 못하고 있었던 게 바보같이 느껴졌다. 확실히 마음이 여리기는 여린 모양이다. 조금 더 앞으로 밀고 들어갈 수 있는데도 불구하고 쭈뼛대는 모습이 눈에 띈다. 손속에 사정을 두고 있는 모습이 시야에 비쳤다.

속으로는 욕이 튀어나왔지만 한편으로는 걱정이 되는 것이 사실이다. 센 척하는 돼지의 멘탈이 얼마나 약한지 대충 알고 있기 때문에.

-선배님! 선배님!
-지, 지금 간다니까.
-지원이에요!
-으…… 응.

그 정신없는 전장의 한가운데에서 다른 쪽으로 시선을 돌리는 멍청한 짓을 보고 있자니 속이 탄다.
결국에는 천천히 이지혜를 향해 입을 열 수밖에 없었다.
"박덕구 외 유아영은……."
뭐라 말을 마치기도 전에 이지혜가 고개를 끄덕이며 새로운 명령을 하달했다.
"7부대는 전선에서 이탈해 항복한 이들과 사제 보호에 집중합니다. 최우선 사항입니다. 7부대는 전선에서 이탈해 항복한 이들과 사제들에 대한 보호에 집중합니다."
"명령 전달받았습니다."
통제실에서 내려진 명령이 닿았는지 다시금 입을 여는 박덕구와 유아영의 모습이 시야에 비쳤다.

-선배님!

-으응?

-명령 다시 떨어졌어요. 아까와는 내용이 다르고요. 전장에서 이탈해 항복한 이들과 사제를 보호하래요. 최우선 사항이에요.

-아. 그렇구만. 빠, 빨리⋯⋯.

-네. 위치 전송되고 있어요. 제가 앞장설까요?

-아니. 내가 앞장서는 게 좋을 것 같은데.

-그럼 그렇게 해요.

-조심!

-아, 감사합니다. 선배님.


그나마 조금 얼굴이 밝아진 것은 분명 내 착각이 아니리라. 하지만 조금 밝아진 그 표정은 얼마 지나지 않아 불안한 얼굴로 뒤바뀌기 시작했다. 어째서 갑작스레 저런 종류의 명령이 떨어져 내렸는지 대충 눈치챈 것이다.

박덕구와 유아영이 포함된 7부대의 본래 목적은 사제들에 대한 보호 조치 따위가 아니다. 엄연히 관련 임무를 맡은 부대가 따로 존재했고 이미 사전 브리핑을 통해 공지한 내용. 7부대의 목적은 다른 부대가 성벽 위로 올라오는 것을 지원하는 일이다.

여신의 거울을 통해 상황에 맞춰 명령을 하달하겠다고 이야기를 해놨으니 내가 자신의 꼴사나운 모습을 봤을 거라고 생각할지도 모른다.

'그나마 여유가 있어서 다행이었지.'

전선이 팽팽하게 돌아가고 있었다면 녀석을 따로 빼지도 못했을 것이다. 그만큼 상황이 좋으니 할 수 있는 행동. 시간이 많이 지나지 않았는데도 마구니가 끼어 있는 악마의 군세는 점점 더 그 힘을 잃어버리고 있다.

'사제들이 전장에서 이렇게 중요합니다, 여러분.'

너무 쉽게 진행되고 있는 게 아닌가 하고 고민이 들었지만.

'그럴 수밖에 없는 건가.'

애초에 에베리아 전선 쪽을 막고 있는 병력과 성벽은 속 빈 강정이었다는 생각도 든다.

단순히 시간벌기 용도라고 보기에는 무리가 있을 정도로 규모가 크지만 버티기에 중점을 둔 전력이지, 승리를 바라는 것처럼 보이진 않는다.

다른 쪽에서 지원이 오지 않았던 것도 바로 그러한 이유. 아니, 굳이 이유를 찾을 필요도 없다.

전 대륙에 넓게 펼쳐져 팽팽하게 유지되고 있는 전선, 많은 수의 유동 병력을 둘 수 없는 상황에 처해 있는 것은 가면 쓰레기 역시 마찬가지다.

'이 새끼들도 여유 있지는 않아.'

녀석들의 입장에서 현재 가장 중요한 것은 캐슬락 공략. 가면 쓰레기가 에베리아 전선을 버린 건지 버리지 않은 건지는 모르겠지만, 한 가지 확실한 것은 에베리아 전선보다 캐슬락 전선을 더 중요하게 생각하는 것이다. 그게 아니라면 애초에 병력을 뺄 수 없는 상황에 처해 있을지도 모른다.

뭐, 사실 어느 쪽이든 상관없다. 이쪽은 굿이나 보고 떡이나 먹으면 그만이었으니까.

만약 적 지휘관과 사제 라인이 탄탄했다면 적들이 캐슬락을 공략하는 걸 두고 봐야 했을지도 모른다.

하지만 결과는 정반대. 에베리아 전선이 완전히 무너져 내리고 있다. 적 지휘관은 후퇴를 외치고 있고 실제로 철수하는 이들이 눈에 띄기 시작했다. 무기를 버리고 투항하는 이들도 보인다. 죽음을 무릅쓰고 싸움에 가담조차 하지 않았던 사제들은 덤.

전투가 시작되고 나고 불과 8시간. 길다면 길고, 짧다면 짧다고 할 수 있는 전투가 서서히 끝나가고 있었다.

"그럼 저는 이만 전선 쪽으로 가 보겠습니다. 지혜 씨."

"네. 그렇게 하세요, 명예추기경님. 저는 상황실에서 일을 마저 마무리……."

"그럼 마지막까지 잘 부탁드립니다."

"네."

전투의 승리를 발표한 것은 아니다. 하지만 귀가 울릴 정도의 함성이 들려오고 있다.

전체적인 상황을 살필 수 있는 지휘부뿐만이 아니다. 일반 병사들 역시 승리가 다가오고 있다는 것을 인지하고 있다. 점령되지 않은 지역보다 점령한 지역이 더욱더 많다는 게 대충 봐도 느껴질 정도였으니.

이후 병력을 다시금 점검해 봐야겠지만 대승이라고 할 수 있을 정도로 피해가 적은 것처럼 보였다.

'이걸 어떻게 올라갔데?'

발걸음을 옮기자 눈앞에 보이는 것은 커다란 성벽. 높이가 있을 거라고 생각했지만 실제로 목도하니 감히 올라갈 엄두도 낼 수 없을 것 같다.

주변 병사들을 챙기며 계속해서 걸어가자 어느덧 덕구 녀석이 있는 곳까지 당도했다. 포로들, 사제들을 데리고 있던 녀석이 천천히 이쪽으로 다가왔지만 한 번 슬쩍 쳐다보자 고개를 숙이는 모습이 눈에 들어왔다.

큰 의미가 있다고는 할 수 없지만 녀석에게는 질책의 뜻으로 받아들여진 모양. 기가 죽은 것이 눈에 보일 정도였다.

사실 한마디 해주고 싶기는 하지만 현재 가장 중요한 것은 녀석이 아니다. 몇 가지 조언이나 나무라는 것 정도는 이후에도 할 수 있는 일.

지금은 그녀의 생사를 확인하는 것이 가장 중요하다. 본래는 비숍 사제 역할이었지만 그분이 죽어버렸으니 할 수 없이 대리인을 세울 수밖에 없다.

교화된 악마 하수인이라면 선전 효과도 충분할 것 같고 모르는 사람한테 맞는 것보다는 아는 사람에게 통수를 맞는 게 가면 쓰레기의 입장에서도 조금 더 얼얼할 것이라고 생각했다.

철퍽거리는 소리와 감각이 기분 나쁘기는 했지만 내 쪽으로 조용히 다가온 김창렬을 보니 괜스레 미소가 지어졌다.

"살아 있습니까?"

"네. 부길드마스터. 살아 있습니다."

"그것참 다행이군요. 혹시 상태는 조금 어떻습니까?"

"아직은 정신을 차리지 못하고 있는 상태입니다. 응급처치가 잘 되어 생명에는 지장이 없고 안정을 취한 이후에는 깨어날 수 있을 겁니다."

"아주 좋네요. 아, 지금 한번 봅시다. 방 안에 있습니까?"

"네."

김창렬이 방으로 안내하였다. 언제 봐도 실력은 혜자스럽다. 특히나 본인이 응급처치를 했다는 건 박수를 쳐줄 만한 부분. 미처 생각하지 못한 부분도 세심하게 챙겨주는 부분이 마음에 든다.

　방문을 열고 들어서자 머리가 깨진 채 죽어 있는 비숍 사제의 모습이 눈에 보인다. 그리고 침대에는 예브 카리나가 쥐 죽은 듯 누워 있다.

　뺨을 툭툭 손가락으로 건드리자 그녀의 눈동자가 나를 바라보는 것이 시야에 비쳤다.

　"군…… 사님……?"

　"아쉽지만 명예추기경입니다, 예브 카리나 님. 하하핫."

# 107장
# 이기는 자는 대가를 치르지 않는다

"군…… 사님……?"

"아쉽지만 명예추기경입니다, 예브 카리나 님. 하하핫."

다채로운 표정이 제법 재미있었다. 아직 정신이 제대로 들지 않았는지 천천히 손을 뻗는 모습이 가관이다.

하지만 의식을 찾으면서 진청이 아니라는 걸 깨달은 모양. 화들짝 놀라는 모습이 인상적이다.

'닮기는 닮은 건가.'

생김새는 확연히 다르지만 체형이 비슷하다 보니 그렇게 느낄 만하다. 일어난 지 얼마 되지 않아 몽롱했을 테고, 김현성이 나를 가면 쓰레기로 오해할 뻔했다는 걸 생각해 보면 확실히 실루엣 자체는 닮은 모양.

녀석의 모습을 떠올려 봐도 가면을 씌워놓으면 구분하기 어려울 것 같은 느낌이 든다. 항상 진청쓰레기와 함께 다녔던 그녀도 저런 소리를 할 정도였으니 어느 정도인지는 굳이 설명할 필요도 없다.

아무튼 간에 그녀의 표정이 일그러진 것은 당연지사. 보고 싶었던 군사님 대신 이죽거리는 나를 보았으니 저런 표정을 보이는 것도 무리는 아니리라.

아주 오랜만에 보는 얼굴. 이 대륙에 들어온 이후에 저런 얼굴을 보는 건 꽤 오랜만이다.

엘레나의 경우에는 구역질을 해오기는 했지만 그래도 얼굴 한편에는 존경심과 함께 알 수 없는 동경심이 묻어나 있었다.

하지만 예브 카리나의 얼굴은 전혀 다르다. 호의적인 감정은 눈을 씻고 찾아봐도 보이지 않는다. 어떻게 봐도 적의로 가득 차 있다. 마치 상대하기 싫은 쓰레기를 바라보는 것 같다. 길거리에서 개똥을 밟아도 저런 표정을 하지는 않는다.

조금 가슴이 아프기는 했지만 기분이 나쁘지는 않았다. 내가 패배자의 입장이었다면 제법 열이 받았을 수도 있겠지만 언제 어디서든 승자는 관대해지는 법이다.

'암. 나는 관대하지. 그렇고말고.'

"하하하. 재밌는 표정이군요. 그렇게 죽을죄를 지은 것 같지는 않은데 말입니다. 오히려 당신의 목숨을 구해준 사람입니다. 조금은 감사하셔도 됩니다. 물론 여기 있는 우리 창렬 씨에게 인사하는 게 먼저겠죠."

"……"

"뭘 그렇게 죽일 것처럼 보고 그러십니까. 그래도 생명의 은인이 아닙니까. 이렇게 편히 있을 수 있게 도와주고…… 다른 포로들과는 다르게 당신은 특별 취급하고 있다. 이 말입니다."

"……"

"사람이 말을 걸면 대답하는 게 예의 아닙니까, 카리나 님. 그렇지 않습니까? 창렬 씨?"

"예, 부길드마스터의 말씀이 맞습니다."

"그렇다고 하지 않습니까. 뭐라고 말이라도 해보세요. 아니면 음…… 몸이 아직도 많이 안 좋으신 겁니까? 포션이라도 한 병 챙겨드려야 했나?"

실실 미소를 띠며 이죽거린 것은 당연. 그럼에도 불구하고 반응이 없다. 심지어 최대한 이쪽을 경계하며 노려본다. 그다지 사이가 좋아질 수 있을 것 같지는 않다.

"우리는 좋은 친구가 될 수 있을 것 같은데……"

"퉤!"

끈적거리는 뭔가가 얼굴에 묻은 것은 바로 그때.

"……"

"……"

순간적으로 김창렬이 그녀에게 손을 뻗으려고 했지만 내 손 짓에 멈춰 섰다.

얼굴을 천천히 매만지니 그녀의 침이 맞는 모양. 사실 굳이 확인할 필요도 없다. 굳이 피할 생각도 없었으니까.

"더러운 인간."

"하하. 한국 속담 중에서는 웃는 얼굴에 침 못 뱉는다는 말이 있는데……. 뭐, 러시아까지 통용되는 말은 아닌가 봅니다. 물론 지구에서의 이야기는 아무짝에도 쓸모없지만, 서로에 대한 존중이 바탕이 되는 나라에서 태어난 저로서는 조금 당황스럽습니다. 이토록 포로를 신사적으로 대우하는 사람이 또 어디에 있겠습니까. 제 신사적인 행동에 대한 보답이 겨우 타액이라니 이거 조금 슬퍼지려고 합니다, 예브 카리나 님."

"쓰레기 같은 놈."

"어떻게. 우리 악마 소환사 진청께서는 안녕하십니까? 라이오스 때 이후로 한 번도 뵙지 못했는데. 사실 그분 때문에 그동안 제가 제법 힘들었습니다. 자세히 설명드릴 수는 없지만 에베리아 왕국에 있었던 것 역시 그런 이유 때문이었고요. 몸이 부서질 정도로 악마를 막았지만…… 아, 창렬 씨는 이제 나가주셔도 될 것 같습니다."

"괜찮으시겠습니까?"

"네. 사태가 대충 정리될 때까지는 이곳에 아무도 들어오지 못하게 해주셨으면 합니다."

"그대로 전파하겠습니다, 부길드마스터."

"감사합니다, 창렬 씨."

뭔가 조금 걱정하는 얼굴이었지만 현재 그녀의 상태를 보고서는 안전하다고 판단한 모양이다. 물론 나 역시 그런 판단이 있었기 때문에 김창렬을 내보낸 것이다.

아무리 내 능력치가 높지 않다고 한들, 이제 막 깨어난 마법사를 제압하지 못할 정도는 아니다.

괜스레 고개를 끄덕이자 김창렬이 살짝 방문을 여는 모습이 시야에 비쳤다. 잠깐이었지만 밖에서 들린 잡음들이 방 안으로 들어온다.

-빛의 승리입니다!

"우와아아아아아아아아아아!!"

-이것은 모두가 함께 이룬 승리입니다. 공존을 위한 첫 번째 발걸음이고 미래를 향한 도약입니다. 베니고어 여신님과 엘룬님의 승리이며 이종족 연합의 승리입니다.

"우와아아아아아아아아아아아아!!"

아무래도 밖에서도 선전 활동에 힘을 쓰고 있었던 모양. 계속해서 들려오는 목소리는 이지혜의 것이다. 그 사이에 전투가 완전히 마무리된 것이리라.

슬쩍 앞을 바라보니 씁쓸해하는 예브 카리나의 얼굴이 보였다. 내가 이곳에 있는 걸 보고 예상은 했겠지만 막상 저런 소리를 들으니 기분이 좋지 않은 것 같았다.

여러 감정이 뒤섞인 얼굴이 볼만했다. 내가 하기는 싫지만 남이 짓는 것은 매번 봐도 즐거운 표정이다.

"네. 뭐, 전투는 그렇게 끝났습니다. 자칫 잘못했으면 무의미한 피가 더 많이 흘렀을 겁니다. 공화국의 사제님. 아, 저기 머리가 으깨진 채로 누워 있는 비숍 상급 사제님이 아니었다면 일이 조금 더 어렵게 진행됐을 겁니다. 그러고 보니 신을 위해 순교하신 분께 감사의 기도를 드리는 걸 깜빡했군요. 좋으신 분이었는데 말입니다. 너무 아쉽게 가신 것 같아 저도 마음이 아프기만 합니다."

"……."

"바리안 님의 석상으로 머리를 후려칠 줄 누가 알았겠습니까. 정말 대단했습니다. 네. 그렇고말고요. 보고 있는 제가 오금이 다 저릴 정도였는데 말이죠. 공화국의 마법사들은 근접 전투훈련을 따로 받는다는 소문이 거짓말이 아니라는 걸 깨닫기도 했고요. 어떻게, 둔기술이라도 따로 배우신 겁니까?"

"……."

"사람이 질문을 던졌으면 대답하는 게 예의가 아닙니까, 예브 카리나 님. 아! 혹시나 해서 말씀입니다만 당신의 둔기술을 다시 한번 펼칠 생각은 하지 않으시는 게 좋을 겁니다. 어, 방금 뜨끔하신 겁니까? 하하."

"죽여."

"뭘 또 죽이라고 하고 그러십니까. 신에게 선택받은 사제가 살인 같은 일을 쉽게 할 수 있을 리가 없지요. 아무리 악마의 하수인이라고 하더라도 모두 같은 생명이 아닙니까. 베니고어 여신님은 회개하는 자에게 너그러운 편입니다. 물론 바리안 님은 그렇지 않습니다만……."

"내가 입을 열 것 같아?"

"당신이 알고 있는 싸구려 정보도 물론 탐이 나기는 하지만 정말로 원하는 건 그런 게 아닙니다. 잠깐 본론으로 들어가기 전에 이야기를 해보고 싶은 게 전부입니다. 네. 정말로 그게 전부예요. 어떻습니까? 예브 카리나 님. 이번 전쟁은 어떻게 보셨습니까?"

"……."

"말하기 싫으시면 듣고만 계셔도 됩니다. 이야기를 주고받을 수 있다면 더 좋았겠지만 말입니다. 물론 다른 걱정은 하지 않으셔도 됩니다. 인터뷰를 따서 선전 활동의 일환으로 사용하는 치졸한 짓거리는 하지 않을 테니까요."

"사기꾼 자식. 내가 네 말을 믿을 것 같아?"

"베니고어 여신님께 우러러 한 점 부끄럼 없이, 저는 거짓말을 하는 사람이 아닙니다. 물론 혼란스러운 건 이해하지만 제가 정말로 사기꾼이었다면 엘룬 님과 베니고어 님께서 저를 사자로 선택하셨겠습니까? 가장 마지막에 거짓말을 해본 게 언제인지 기억도 안 나는 사람을 사기꾼이라 칭하시다니요. 신벌이 무섭지도 않은 모양입니다. 아! 신벌이 무서웠으면 애초에 악마 소환사의 밑에 있지도 않았겠군요."

"네가 꾸민 이야기라는 건 다 알고 있다. 더러운 놈. 군사님께는 죄가 없어. 이제는 네가 어떤 인간인 줄 알아. 너는 쓰레기 같은 인간이고 구제 불능이야. 너를 조금이라도 믿은 게 내 최고의 실수야. 재밌어? 사람들을 속이고 마음대로 가지고 놀면 네가 뭐라도 되는 것 같이 느껴져? 너는 아무것도 아니야. 그냥 사기꾼이지. 지금은 네가 이렇게 나를 내려다보고 있지만 언젠가는 네 거짓에 대한 대가를 꼭 치를 거다. 역겨운 쓰레기 자식. 내 말을 잘 기억해. 너는 분명히 대가를 치르게 될 거야."

서늘한 팩트가 날아 들어와 꽂힌다. 가슴속에 날아 들어온 묵직한 한 방은 내가 생각하기에도 당황스러울 정도. 조금이지만 가슴이 뜨끔할 정도였으니 다른 표현이 필요 없으리라.

다시금 천천히 입을 열었다. 어떻게든 대화를 이어나가고 싶었기 때문이다.

"조금 섭섭하군요. 그렇게까지 말씀하실 줄은 몰랐는데 말입니다."

"그럼 어떻게 말을 해줄까? 내가 네깟 놈한테 목숨을 구걸하며 벌벌 기기라도 할 줄 알았어? 죽이든 고문하든……."

"아, 그런 야만스러운 짓을 하는 사람이 아닙니다. 혹시나 육체적 고통에 대한 걸 걱정하시고 계신다면 안심하셔도 됩니다. 당신은 죽지도 않을 거고, 고통스러운 시간을 보내지도 않을 겁니다."

"회유가 통할 거라면 사람 잘못 짚었어. 빌어먹을 사기꾼 새끼. 나는 짐승이랑은 같이 일하지 않거든."

"계속 그렇게 아픈 곳을 쿡쿡 찌르시는군요. 안 그래도 방금 상처가 다 낫지도 않았는데. 팩트로 후려치는 솜씨가 제법이십니다, 이거. 하하."

"퉤!"

"어이쿠! 두 번째는 맞아드리지 않습니다, 카리나 님. 조금 진정하시는 게 좋을 것 같습니다. 말씀드리지 않았습니까. 제가 원하는 건 대화라고요. 적어도 여섯 시간 안에는 이야기가 잘 끝났으면 좋겠는데……. 음, 내키지는 않지만 서로 조금 더 마음을 터놓고 이야기하는 게 더 편할 것 같습니다. 네. 맞습니다. 예브 카리나 님. 전에 말씀하신 대로 저는 빌어먹을 사기꾼 자식입니다."

"네 입으로 들어봤자 놀랍지도 않아. 너는!"

"전부 다 맞습니다. 네. 개새끼도 맞고 빌어먹을 쓰레기도 맞습니다. 저도 그다지 합리화를 좋아하는 성격은 아닙니다. 충분히 그렇게 느끼실 수 있다는 것도 일부 인정하겠습니다. 하지만 대가를 치르지는 않을 겁니다. 예브 카리나 님."

"뭐?"

"대가를 치르지 않을 거라고 말씀드렸습니다. 어린 나이도 아니신데 아직도 사회가 어떻게 돌아가는지 모르고 있으면 쓰나요. 하하. 대가는 패배자들이 치르는 거지 승자의 몫이 아닙니다. 저는 지금 여기에 있고 당신은 지금 숨을 헐떡거리며 침대에 앉아 있지 않습니까. 여기서 승자는 누구고 패자는 누구일까요? 누가 봐도 각이 나오지 않습니까?"

"……"

"권선징악이라는 건 소설책에서나 나오는 이야기예요. 아! 물론 제가 징벌당하는 쪽이라 말하는 것은 아닙니다. 예브 카리나 님이 저를 그렇게 생각하시니 이해하시기 편하게 예를 든 것뿐입니다. 애초에 이런 종류의 전쟁에 선과 악이 있기는 합니까? 나쁜 놈, 착한 놈이 편을 가르는 것이 아니라 이념이 다르고 이해관계가 다를 뿐이지요. 당신도 알고 계시지 않습니까. 이번 전쟁은 공화국이 먼저 일으켰다는 거."

"말도 안 되는 소리……."

"말도 안 되는 소리는 아닙니다. 당신은 분명히 알고 있어요. 분명히."

"……."

"그걸 알면서도 교국이 먼저 침략을 어쩌고저쩌고 선전 활동을 한 것은 그쪽 역시 마찬가지입니다. 제가 사기꾼이라면 당신도 사기꾼입니다. 물론 제가 조금 더 악질이기는 하지만 기본적으로 우리는 같은 부류라는 말입니다."

"개, 개소리 집어치워! 미친 자식!"

"대가는 저 같은 사람이 치르는 게 아니라 제 말에 휘둘리는 사람들이나 치르는 겁니다, 카리나 님. 이미 알 거 다 아시는 분이 그런 말을 했다는 게 믿기지가 않네요. '대……대가를 반드시 치를 거야! 반드시'는 개뿔."

"……."

"다시 한번 머릿속에 저장해 놓으세요. 이기는 사람은 대가를 치르지 않습니다. 저희가 살던 곳이나 대륙이나 그건 똑같아요."

꿀 먹은 벙어리가 된 예브 카리나의 얼굴이 시야에 비쳤다.

이미 그녀도 알고 나도 알고 있는 이야기다. 심지어 저기 저쪽에 누워 있는 바젤 추기경도 알고 있는 이야기. 그저 다시 한번 머릿속에 박아 넣어준 것뿐이다.

이곳이나 저곳이나 이기는 사람은 대가를 치르지 않는다.

어디에서나 통용되는 진리. 이 얼마나 심플한 법칙인가.

'아암, 그렇고말고. 무조건 그렇지.'

이 말보다 더 깔끔한 문장도 없다. 온갖 말로 권선징악에 대해 포장해 봐야 어차피 우리 삶은 저런 식으로 돌아가게 되어 있다는 거다.

눈앞에 있는 예브 카리나 역시 내 말에 공감하고 있는 모습. 그저 입술을 꽉 깨물고 이쪽을 노려보고 있을 뿐이었지만 저런 반응은 공감한다는 것과 진배없다.

한 번 더 입꼬리를 올리며 입을 연 것은 당연지사. 대화를 지속해야 했기 때문이다.

"제 말이 틀렸습니까?"

"……."

"대답하기 싫은 것 같다만……. 뭐, 긍정의 뜻이라고 받아들이겠습니다. 조금 전에도 분명히 말씀드리지 않았습니까. 어차피 우리 같은 이들은 비슷한 종류의 사람들이라고요. 만약 예브 카리나 님이 이번 전투에서 승리하셨다면 대가를 치르는 건 제가 됐을 겁니다. 그렇게 생각하면 조금 아쉬우시겠습니다. 푸핫."

"나는 당신이랑 달라. 넌…… 넌 쓰레기야."

"동족 혐오?"

"나는 너 같은 쓰레기가 아니야! 비열한 사기꾼 자식."

"자꾸만 사기꾼이라고 하시니 기분이 그리 좋지 않습니다만, 제가 신의 선택을 받은 사자라는 것은 부정할 수 없는 사실입니다, 카리나 님. 신성력은 거짓말을 하지 않는다고요, 하핫. 진청 그자가 악마 소환사라는 것도 정황상 맞는 이야기고 말이죠. 도대체 당신과 내가 한 거짓말에 어떤 차이가 있길래 이렇게 열을 올리시는 건지 잘 모르겠습니다. 당신도 마찬가지 아닙니까. 사기를 증진시키기 위해 선동과 날조를 일삼고 결국에는 아무것도 모르는 이들을 전쟁터로 끌고 오는 것에 동조하지 않았습니까. 어떻게 보면 당신을 비롯한 공화국의 수뇌부들이 더 악질적입니다. 저야 저 자신을 지키기 위한 수단이라고 변명이라고 할 수 있지만 당신들은 본인들을 합리화할 수단조차 부족합니다. 먼저 시비를 건 것도 그쪽, 전쟁 준비를 하고 있었던 것도 그쪽, 선전포고를 먼저 한 것 역시 그쪽입니다. 누가 쓰레기고 누가 사기꾼이라는 겁니까?"

"개소리 같은 궤변은 집어치워! 이 쓰레기 같은 인간. 나는 과정에 대해서 이야기하는 게 아니야. 네, 네 수단에 대해서 이야기를 하는 거야. 당신은 최소한의 윤리의식이라는 게 결여되어 있어. 대륙법과 전쟁 규정이라는 게 괜히 생겨난 게 아니야.

비, 비숍 상급 사제님은 그럴 만한 사람이⋯⋯."

"화려한 둔기술에 뚝배기가 깨져 나간 비숍 사제님을 말씀
하시는 거군요. 나 참. 혹시나 오해하실까 봐 하는 말씀드립니
다만 저는 전쟁 규정법을 어기면서 활동한 것이 아닙니다. 그
냥 괜찮은 포도주를 한 병 선물했을 뿐이에요."

"내가 하는 말이 그런 뜻이 아니라는 걸 알고 있⋯⋯!"

"너도 내가 하는 말이 뭔지 알고 있잖아, 에브 카리나. 나는
전쟁 규정법 같은 걸 어긴 적이 없어. 설사 내가 비숍 상급 사
제를 뒤에서 조종했다고 한들 규정법에 어긋난 것도 아니라는
걸 알잖아. 합리화하고 있는 건 너야. 내가 쓰레기 같은 인간
이라고 속으로 자위해 봐야 네 처지가 조금이라도 나아질 것
같으니까. 그러니 나를 매도하고 있는 거야, 너는."

"뭐!"

"그렇게 해야 네 기분이 조금 더 풀릴 수 있을 것 같으니까.
애초에 네가 정말 나 같은 인간이 아니었다면 이 전쟁에 나오
지도 않았을 거야. 깊은 숲속에 처박혀 윤리 공부에나 열을 올
리고 있겠지. 결국엔 너도 똑같은 인간이라는 거야."

"나는 공화국 병사들과 군사님을 위해서⋯⋯!"

"아⋯⋯."

"⋯⋯."

"아하. 역시 그랬군요. 하하하."

"뭐? 너 지금……."

"혹시나 했는데 정말인가 봅니다. 방금 말은 거짓말이 아니지요. 그렇지요?"

"지, 지금 이게 뭐하는 짓거리……."

"뭐, 방금 제가 드렸던 말은 전부 농담이라는 겁니다. 굳이 혼란스러워하지 않으셔도 됩니다. 제가 보증하겠습니다. 당신은 저랑 확실히 다른 인간입니다. 인정하겠습니다. 당신은 자기 자신의 안위만을 위해 움직이는 사람은 아니에요."

지금 무슨 개소리를 하냐는 얼굴이다. 예브 카리나는 나나 이지혜와는 완전히 다른 종류의 인간이다. 고유 기벽과 성향이 항상 정답을 이야기해 주는 것은 아니지만 예브 카리나는 확실하게 나와 다른 종류의 인간이다.

'너는 책임감이 강한 프렌즈구나.'

말 그대로다. 갑작스레 달라진 내 태도에 얼굴이 구겨진 것이 눈에 보일 정도. 초조한 반응을 보이는 것을 보니 방금 본인이 실수했다는 걸 깨닫고 있는 것 같았다.

예컨대 조금 전 궤변은 그녀를 흥분시키기 위한 사전 작업이다. 정확히 말하면 그녀의 약점을 잡기 위한 대화. 그녀를 다룰 수 있는 수단을 얻기 위한 재료였다.

"정말 대단합니다. 대단해요. 음. 확실히 그렇겠군요. 왜 악마 소환사 진청이 당신을 이 자리에서 기용했는지 알 것 같습니다. 이런 식으로 전황이 흘러가지 않았다면 제법 귀찮게 됐 겠네요. 병력 피해를 최소화하고 야금야금 이득을 보고 버티 셨을 테니까. 당신의 목적은 전장에서 승리하는 게 아니에요. 이제 알 것 같습니다."

"뭐, 뭐?"

"당신이 알고 있는지는 모르겠지만 애초에 악마 소환사는 당신에게 승리하는 걸 기대하지 않았다는 겁니다. 버티면서 엘프들을 붙잡아 두는 것을 원하고 있었다는 거지. 확실하지 는 않지만 전투를 피하고 싶어 하는 성향도 보이시는 것 같고. 말 그대로 캐슬락 공성전이 끝날 때까지 이 전선을 유지하고 버텨주는 것밖에 바라지 않았던 것 같습니다."

"……."

"그 임무를 완전히 망쳐 버리셨네요. 뭐, 제가 에베리아 왕 국에 체류 중이라는 걸 모르고 계셨을 테니 대충 이해는 가지 만 악마 소환사의 입장에서는 제법 아쉽게 느껴졌을 겁니다. 어? 뭘 그렇게 놀란 표정을 짓고 그러십니까. 악마가 당신에게 별다른 기대를 하지 않았다는 건 당신도 대충 눈치채고 있었 을 텐데 말입니다. 그래서 지원군이 오지 않았던 거예요."

사실은 조금 더 복합적인 이유가 있다. 아마 예브 카리나 역 시 그 사실을 알고 있을 것이다. 하지만.

"그런 게 아니야. 현재 전선……."

"전선에 여유가 없다는 건 저도 알고 있습니다. 군이 이곳까지 올 상황이라는 것 역시 알고 있고요. 당신이 그 사람을 생각하는 것만큼, 그 사람은 당신을 생각하지 않나 봅니다. 슬프죠. 일방적인 사랑만큼 가슴 아픈 것도 없어요."

"네가 그런 말을 한다고 해서 내가……."

"네. 물론 배신하지 않으시겠죠. 하하하. 뭔가 착각하고 계신 것 같습니다, 예브 카리나 님. 저는 지금 무슨 저급한 이간질 같은 걸 하려고 하는 게 아닙니다. 방금은 성격 나쁜 저의 장난으로 생각해 주세요. 뭐, 당신과 이 병력이 버림받았다는 건 부정할 수 없는 사실이지만, 어디까지 팩트긴 하지만! 그런 거로 사람 멘탈을 흔드는 저급한 술수를 사용하지는 않습니다. 빛의 선택을 받은 사자로서 적절한 행동이 아니죠. 암. 그렇고말고요."

"……."

"조금 더 합리적인 방법이 있는데 제가 왜 괜히 생고생을 하겠습니까. 말이 나와서 말입니다만, 사실은 저기 누워 계시는 비숍 상급 사제님이 해주셔야 했을 일이 있었습니다. 제가 자리 하나를 미리 마련해 놓기도 했고요. 무척 중요한 자린데…… 누군가가 소중한 사제님의 뚝배기를 박살 내버린 탓에 마련해 놓은 자리가 공석이 되어버렸지 뭡니까. 버림받아 슬픈 마음은 이해합니다만 그래도 일은 해줘야지요. 그렇지 않습니까?"

"죽여."

"이야기도 듣지 않으시는 겁니까?"

"네가 어떤 쓰레기 같은 생각을 하는지 궁금하지도, 알고 싶지도 않아. 그냥 죽여."

"왜 자꾸 죽이라고만 말씀하십니까. 이야기를 끝까지 듣고 결정하셔야죠."

"죽여! 차라리 죽!"

"포로가 상당히 많습니다. 예브 카리나 님. 항복하신 분들이 제법 많아요. 함께해 주시는 우리 바리안 님의 사제님들도 마찬가지고."

"당신……."

"이거 참 처치 곤란입니다. 포로가 많다는 건 저희 쪽에서도 꼭 기분 좋은 이야기는 아니거든요. 유사시에 뒤통수를 칠 수 있는 적 병력이기도 하고, 많은 포로를 책임질 보급품을 전달하는 것도 일입니다. 차라리 없었으면 좋겠다. 같은 사제답지 못한 생각을 해버렸지 뭡니까. 잘은 모르지만 중국 역사 중에서도 장평대전이라고 있지 않습니까. 항복한 30만의 병력을 그대로 생매장해 버린 사건 말입니다. 이건 우리 악마 소환사님이 더 잘 알고 있겠군요."

"개자식……."

"물론 저는 그런 일을 벌일 정도로 쓰레기는 아닙니다만, 상황이 어떻게 변할지는 알 수 없으니까요. 혹시라도 일이 잘못됐을 경우에는 눈물을 머금고 결단을 내릴 상황이 올지도 모릅니다."

"개자식! 네가 인간이야?!"

"어디까지나 가능성에 대해서 말씀드린 겁니다. 제가 그런 미친 짓을 하지 않으리라는 건 예브 카리나 님이 더욱더 잘 알고 계실 텐데요. 정치적으로 잃는 게 많을 겁니다."

"개자식! 쓰레기 같은 새끼!"

"아무리 신에게 선택받은 사람이라고는 해도 회개하려 하는 이들을 저버리는 건…… 가슴이 아프겠죠. 정말로 그런 짓을 해버린다면 후의 역사서에서도 저를 좋게 평가하지는 않을 거고요. 무엇보다 제 양심이 버티지 못할 겁니다. 그래도 말입니다, 예브 카리나 님. 저는 양보하지 않아요."

"……"

"저는 절대로 양보하지 않습니다. 피하는 건 상대방이 해야 할 일이지 제 일이 아닙니다. 저는 결정을 내렸으니 양보하는 건 당신이 되어야 한다, 이 말입니다. 제 눈을 보세요."

은근슬쩍 시선을 피하는 모습이 눈에 들어왔다. 혐오감이 깃들어 있는 표정이 아주 천천히 공포로 물든다.

"제가 못 할 것 같습니까?"

"……"

"분명히 말씀드렸습니다. 예브 카리나 님. 분명히요. 당신이 만약 제 제안을 거절한다면 저는 포로의 반을 버릴 겁니다. 당신은 악마의 하수인으로 처형될 거고 적당한 사람을 찾은 이후 똑같은 제안을 한 번 더 할 거예요. 물론 후임분도 거절한다면 남은 포로의 반을 버릴 거고요."

"당신……. 당신이라는 사람은……."

"억지로 끌려온 이들이 아닙니까, 예브 카리나 님. 웃으면서 고향에 돌려 보내줘야죠. 어쩌다가 전쟁터에 끌려오기는 했지만 저 사람들도 전부 남의 집 귀한 자식들입니다."

그녀로서는 선택의 여지가 없다. 빤히 얼굴을 바라보자 흔들리고 있는 동공이 보인다. 속으로는 여러 가지 가능성에 대해서 떠올리고 있음이 틀림없으리라.

'따로 일에 대해 설명할 필요도 없을 것 같고……'

본인의 역할이 무엇일지는 이미 예상하고 있는 것이 틀림없으리라.

"선택을 조금 편하게 해드려야 하나……. 일단 포로 중에 악마의 하수인이 있는지 색출부터 해봐야 할 것 같은데. 삼 분의 일 정도는 악마에게 오염당했을 확률이 높아서…… 이런 분들은 빨리 정화 작업을 거쳐야지요. 네. 그렇고말고요."

"자, 잠깐."

"결정하셨습니까?"

대답을 하지 못하는 모습. 하지만 이미 반쯤은 결정된 것이나 다름없다. 이미 여러 가지로 신호를 보내오고 있다.

흔들리고 있는 눈이 그렇고 달싹거리는 입술이 그렇다. 목덜미에서 흘러내리는 식은땀이 그렇고 거칠어지는 호흡이 그렇다.

"저는 양보하지 않습니다."

결정타라고 하기엔 부족하지만 그래도 조용히 말하자 효과가 있는 모양. 천천히 고개를 끄덕이고 있는 그녀의 모습이 시야에 비쳤다.

"탁월한 선택입니다."

"악마 같은 인간."

"어허. 그거 신성모독입니다. 예브 카리나 님."

반쯤은 혼이 나간 것 같은 표정이었다.

■

"확실히 까다롭군요."

"네, 군사님. 아무래도 성벽 자체가 마력방어에 워낙 특화되어 있다 보니 더욱 그렇습니다. 교국의 무녀가 펼치고 있는 결계도……."

"공략하기 쉽지 않겠죠."

"네. 순수한 공성전밖에는 답이 없는 상황입니다. 강한 물리적 충격을 줄 수 있다면 이야기가 달라지겠지만 드래곤이라도 오지 않는 한 성벽 자체를 무너뜨리기 힘들 겁니다. 캐슬락 안쪽의 보급 상황이 여의치 않았다면 아마 시간이 더욱더."

"오래 걸렸겠죠. 아군 병력의 상태는 어떻습니까."

"몇 차례 문을 두드려 본 것치고는 피해가 적습니다. 저들 역시 최대한 화살을 아끼고 있는 터라……."

"캐슬락은 중요합니다."

"……."

"하지만 모든 걸 쏟아부을 정도는 아닙니다. 린델이나 수도로 가는 길은 동부 전선만이 아닙니다. 실리아 전선 쪽은 어제부로 완전히 밀어냈고…… 다완 쪽도 마찬가지입니다."

그 말 그대로 캐슬락은 중요하다. 하지만 모든 걸 쏟아부을 정도는 아니다.

말하자면 캐슬락 전선은 누구나가 군침을 흘릴 수밖에 없는 파이. 이 커다랗고 중요한 전선을 가장 완벽한 미끼로 만들어내기 위해 쌓아 올린 시간을 생각하니 감회가 무척 새로웠다.

적, 아니, 심지어 아군조차 눈치챌 수 없게 설계된 이 커다란 그림은 진청 군사님의 수완이 어느 정도인지 새삼스레 느끼게 해주었다.

병력 이동이나 현 전선을 커다란 지도로 한눈에 들여다본다면 그 누구라도 공화국이 캐슬락을 노리고 있다 판단하리라.

수많은 전쟁이 일어났던 과거에도 캐슬락은 항상 공화국의 걸림돌이었고 교국에게는 뚫리지 않는 철벽의 요새였다.

타 동부 전선이 모두 공략됐을 때도 항상 캐슬락을 얻을 수는 없었고 역사적으로도 캐슬락은 곧 일종의 상징처럼 자리 잡혔다.

'뚫어낸다면⋯⋯.'

반대로.

'뚫리지만 않는다면⋯⋯.'

그런 상황이 지속되고 있었다. 물론 캐슬락을 단순한 상징이라고 치부할 수는 없다. 여전히 캐슬락은 교국과 공화국 사이에 있는 가장 중요한 거점 중 하나였고 이곳을 얻음으로써 생기는 이점은 말로 설명할 수 없을 만큼 컸으니까.

동부 전선에 병력을 밀어 넣자 캐슬락을 지키기 위해 네임드들이 자리 잡은 것 역시 그러한 이유. 교국 8좌 중 세 명이 이 작은 성을 지키기 위해 자리해 있다. 그뿐만이 아니다. 교국이 자랑하는 주요 병력 역시 일찌감치 캐슬락에 똬리를 틀었다.

한쪽에 투자한 만큼 상대적으로 타 지역에 투자하는 병력의 질과 양이 주는 건 자연스러운 일.

캐슬락은 단단해졌지만 중요하지 않은 지역들은 그만큼 물렁해졌다. 아주 조금씩. 아주 조금씩이다. 크지는 않지만 눈에 보이지 않을 정도로 이들을 보는 것이 그의 방식.

캐슬락으로 들어가는 보급을 차단하고 타 지역에서 오고 있는 지원군을 자른다. 동부 전선이 아닌 다른 지역에서 점수를 따기도 하고 심지어 일부 지역을 내주기도 한다.

한 번, 한 번은 무척 작다고 할 수 있지만 모아놓고 보면 결코 무시할 수 있는 수치가 아니다.

상대도 같은 생각을 할 것은 분명한 일. 하지만 공화국의 의도대로 따라올 수밖에 없다고 생각했다. 캐슬락이 뚫리면 그다음은 린넬, 그다음은 수도라는 사실을 알고 있을 테니까.

전체적인 전장의 흐름을 자신이 원하는 대로 설계할 수 있다는 건 대단한 능력이다. 아마 별다른 변수가 없는 한 이 상태가 지속될 거라고 생각했었다.

'그래. 변수가 없는 한.'

하지만 최근 에베리아의 상태에 대해 떠올리자 괜스레 입술을 꽉 깨물 수밖에 없었다. 본격적인 전투가 시작됐다는 이후에 따로 날아온 서신이 없었기 때문. 아무런 소식이 들려오지 않아 본대에서도 따로 정찰조를 보냈었다.

물론 이것이 과민반응이라는 것은 알고 있다. 통신체계가 제대로 발달되지 않은 이곳에서 각 상황마다 커뮤니케이션을 할 수 있을 리 만무했으니까. 물론 전체적인 상황에 대한 보고

가 들어오긴 하지만 거리가 거리인 만큼 어쩔 수가 없다고 생각했다.

'통신병이 잡혔을 수도 있고. 아니면 정말로 여유가 없었기 때문이겠지. 별일 없을 거야.'

틀림없이 별일 없을 것이다. 속으로 자위하고 있지만 불안감이 피어오르는 것이 사실. 괜스레 한 번 더 고개를 흔들고 옆을 바라보자 시야에 비친 것은 자신과 같은 표정의 남자였다.

그 광경을 보고서는 천천히 입을 열 수밖에 없었다. 얼굴이 알 수 없는 감정으로 얼룩져 있는 걸 눈치챘기 때문이다.

"거, 걱정하실 필요 없습니다, 군사님. 그자가 에베리아 전선에 있었다고 한들 달라지는 것은 없을 겁니다."

사실은 자기 자신에게 하는 이야기.

"걱정하고 있는 것이 아닙니다, 카티아."

"표정이 어둡습니다, 군사님. 작전부는 에베리아 전선이 쉽게 뚫리지 않을 거라고 판단하고 있습니다. 저 역시도 마찬가지고요. 이기영 명예추기경, 그자는 사기꾼에 불과합니다. 남을 기만하고 선동하는 것 외에는 할 줄 아는 것이 없는 인물이라 군사님께서도 말씀하지 않으셨습니까. 물론 변수에 따라서 조금 더 달라질 수도 있다고 예상하고 있습니다만 언니는 절대로 어처구니없게 무너져 내리지는 않을 겁니다."

"네. 저도 알고 있습니다. 그렇게 생각하려 하기도 하고요."

"저도…… 걱정이 됩니다. 안 된다고 한다면 거짓말이겠죠. 사실 그래서 언니를 말리기도 했지만. 그래도…… 아마 언니 역시 군사님의 뜻을 알고 계셨을 겁니다. 이해하기도 했고요. 언니 스스로가 결정한 일이니까요. 믿고, 결과를 기다리시면 됩니다. 분명히 좋은 소식을 전해주실 겁니다."

"물론 그렇게 해야겠죠. 카티아, 당신은 괜찮습니까?"

"저는 괜찮습니다. 네……. 아무 문제 없습니다. 언니가 잘 헤쳐 나갈 수 있을 거라고 믿으니까요."

솔직히 초조한 마음이 생겨날 수밖에 없었다. 하지만.

'버틸 수 있을 거야.'

그 누구보다 자신이 그녀를 가장 잘 알고 있다. 애초 병력의 구조상 단기간에 뚫어낼 수 있다고 하기는 힘들다. 사제 비율이 높았고 비숍 상급 사제가 함께 하고 있는 성벽이다.

마음이 약해 모진 일을 할 수 있는 성격은 못되지만 언니 역시 그 누구보다 뛰어난 사람이라는 걸 생각해 보면 쉽게 당한다는 건 어불성설이다. 어린애처럼 동요한다는 것 자체가 우스운 일.

지금 이 시간에도 여러 전선에서 전투가 지속되고 있다. 에베리아 전선만 특별 취급해서는 안 된다. 힘든 것은 모두가 마찬가지. 최대한 냉정하고 객관적으로 상황을 지켜봐야 한다고 생각했다.

'에베리아 전선의 역할은 시간을 버는 것 외에는 없어. 지금은 동부 전선에 조금 더 집중하는 게 맞아.'

서부 전선은 마법사 중원을 요청했고 북부 전선 역시 사제를 필요로 하고 있다. 보급 부대가 원활하게 돌아다니고 있기는 하지만 그래도 모든 전선을 컨트롤하기에는 무리가 있다.

하루에도 손으로 셀 수조차 없는 숫자의 병력이 죽어난다. 지금껏 조용했던 에베리아 전선도 이제야 막 전투에 합류했을 뿐이다.

그렇게 혼자 고개를 끄덕거렸던 바로 그때였다. 갑작스레 문이 열리며 작전부의 일원 한 명이 들어온 것.

"군사님."

"말씀하셔도 됩니다."

"에, 에베리아……."

"네."

"에베리아 전선이 무너졌습니다. 혀, 현재 정확한 피해 규모는 집계되지 않았지만 대부분의 병력이 포로로 붙잡힌 것으로 보이며 현재 캐슬락 쪽을 향해 진군할 준비를 해오고 있다는 소식입니다."

"……."

"……."

"뭐, 뭐라고요?"

"마, 말씀드린 그대로입니다. 카티아 님."

"어, 어떻게……. 시간도 얼마 지나지 않았는데……."

"자세한 정황은 알지 못합니다. 퇴각하던 병력 역시 모조리 발목이 묶인 것으로 보이며…… 따, 딱히……."

"말도 안 돼. 말도 안 돼요! 뭔가 잘못된 게 틀림없습니다!"

순간적으로 안 좋은 생각이 머리를 가득 채웠다. 냉정해져야 한다고 생각했지만 냉정해질 수 있을 리가 없다.

적들의 입장에서 이건 공성전이다. 아무리 마법으로 단기간에 세운 가벽이라고 하지만 그렇게 쉽게 무너질 만한 성벽이 아니다. 병력의 규모와 질을 생각해 본다면 이토록 번갯불에 콩 구워 먹듯 일이 진행될 수 있을 리가 없다.

"이렇게 쉽게 전투가 끝났다고요? 말도 안 돼요. 뭔가 착오가 있을 겁니다. 소식을 전해온 이들이 누구죠? 귀환을 마친 정찰 부대는 어디에 있습니까."

"현재……."

"그들을 이쪽으로, 아니, 제가 직접 가겠습니다. 정확히 어떤 걸 봤길래 그런 말도 안 되는 소리를 하는 건지 직접 확인하겠습니다."

"카티아 님!"

허겁지겁 문을 열고 뛰어들었다. 깜짝 놀란 병사들의 얼굴이 보였지만 그것까지 신경 쓸 겨를이 없다. 정찰대가 대기하고 있는 곳으로 발걸음을 옮기자 많은 이들이 몰려 있는 것이 시야에 비쳤다.

"레인저들은 어디에 있습니까. 제가 직접 들어야겠습니다."

"가까이 오시면 안 됩니다, 카티아 님."

"무슨 소리를!"

"현재 에베리아 전선에서 보내온 물건에 대해 조사를 하는 도중입니다. 위험할 수도 있으니 잠깐만 기다려……."

"비키세요! 지금 당장!"

"저주가 묻어 있는 아티팩트일 수도 있습니다. 일단은……."

"아니, 제가 직접 확인하겠습니다."

정신이 없다. 계속해서 머릿속으로는 안 좋은 생각이 들기 시작한다. 괜스레 손이 덜덜 떨려오는 것은 물론 이성적인 판단을 할 수가 없다.

누군가가 조용히 옆으로 다가온 것은 바로 그때였다. 자연스럽게 고개를 돌리자 조금 전까지 방에 있었던 진청 군사의 모습이 눈에 들어왔다. 묘하게 안심되는 그의 목소리에 망치질하듯이 두근대던 심장이 조금은 가라앉기 시작했다.

"아티팩트라면 제가 확인해 보도록 하겠습니다. 명령입니다. 물러나도록 하세요."

"하지만."

"명령이라 말씀드렸습니다."

"네. 알겠습니다."

순식간에 함정을 해체할 수 있는 레인저들과 마법사들이 물러났다. 덕분에 시야에 들어온 것은 봉투에 담겨 있는 서신과 긴 막대 모양을 한 정체불명의 장치였다.

"군사님, 이건……."

"해를 끼치는 종류의 아티팩트는 아닙니다. 아마 그들의 말로는 여신의 거울, 마력 홀로그램 장치일 가능성이 큽니다. 일회용으로 보이며…… 한 번 실행되면 자동적으로 폐기되는 구조입니다. 다른 함정이나 마법적인 효과는 없는 것 같습니다. 안심하셔도 됩니다."

"그렇군요. 그게 마력 홀로그램이라면 저희 측에서도 활용할 수 있지 않겠습니까?"

"아뇨. 불가능합니다. 영상을 송출하는 컨트롤 타워가 없으니까요. 저희가 할 수 있는 일은 단순히 일방적인 정보를 받아들이는 것입니다. 그보다 이게 에베리아 전선에서 보내온 물건이 확실합니까?"

"네. 정확히는 저희 전서구의 다리에 매달려 있었습니다. 정황상 에베리아에서 보내온 서신이라고 판단해서……."

"아마 메시지겠군요. 마력을 조금 집어넣으면 곧바로……."

그렇게 군사가 천천히 장치에 마력을 집어넣었을 때였다.

반투명한 막이 막대 위에서 떠오르고 시야에 비치는 것은 침대 위에 앉아 있는 언니, 예브 카리나의 모습이다.

곧이어 익숙하지 않은 목소리가 들리기 시작한다.

-아아아. 지금 시작해도 되려나? 보고 있습니까? 보고 있는
거 맞아요?

천천히 옆으로 자리를 옮긴 채 털썩 주저앉는 모습은 가관.
고개를 숙인 채 부들부들 떨고 있는 언니와 장난치듯 그 옆에
서 어깨를 툭툭 두드리는 녀석의 얼굴이 눈에 보였다.

-무사히 닿았으면 좋겠는데. 아…… 일단은 자기소개부터
드려야 하는 게 맞는 것 같습니다. 그렇죠? 간단히 자기소개
좀 해주시겠습니까?

-33살…… 예브…… 카리나입니다.

머릿속이 하얗게 변하기 시작했다.

다른 표현이 떠오르지 않는다. 정말로 머릿속이 하얗게 변
하는 것 같았다. 호흡이 거칠어지는 것은 물론 제대로 숨을 쉴
수조차 없다. 마력 홀로그램으로 보이는 것이 믿기지 않았기
때문이다.

화면 속의 사람은 틀림없이 언니. 고개를 푹 숙이고 있는 것

은 물론 바들바들 떨고 있다. 심지어 눈물을 뚝뚝 떨어뜨리고 있는 모습은 뭐라 설명할 수 없을 정도.

어떻게 저렇게 된 일인지 이해가 가지 않는다. 하루도 채 지나지 않았다. 하루도 지나지 않았는데 에베리아 전선이 완전히 망가졌고, 저 빌어먹을 개자식은 언니의 어깨를 툭툭 치고 있다. 의문점이 생기는 것이 당연하리라.

'조작된 거야.'

조작된 내용인 거야. 어쩌면 현실을 마주하기 싫은 걸 수도 있다. 하지만 상식적으로 이해할 수 없는 상황에 다른 생각 따위는 들지 않았다. 지금 펼쳐지고 있는 장면이 거짓말이라고, 그럴 리가 없다고 생각할 수밖에 없었다.

화면에서 조용한 목소리가 터져 나온 것은 바로 그때였다.


-자기소개 잘 들었습니다. 예브 카리나 님. 그래도 조금 부족할 것 같은데…… 본인이라는 걸 조금 더 확실히 증명할 수 있는 수단이 있으면 좋을 것 같습니다만. 몇 가지 질문을 해보겠습니다. 여가 시간에는 보통 무엇을 하면서 시간을 보내십니까?

-독서…… 입니다.

-조금 의외네요. 이곳에 온 지는 얼마나 되셨습니까?

-7년 전입니다.

-좋아하는 음식은?

-스튜.

-으음. 조금 부족하기는 하지만 이 정도라면 그녀의 모습이 조작된 게 아니라는 사실은 아실 겁니다. 의심이 많은 여러분을 위해 조금 더 이런 시간을 가지고 싶지만 아쉽게도 시간이 없어서 여기까지만 하는 게 좋을 것 같습니다. 아, 저는 26살 이기영이라고 합니다. 직업은 신의 사자. 취미는 신학 공부. 특기는 기도드리기입니다. 아마 제 얼굴을 모르시는 분은 없으실 겁니다. 그렇지요? 예브 카리나?

-네. 그렇습니다.

-아아. 몇 명이 이걸 보고 있는지는 모르겠는데…… 지금부터 여러분이 여신의 거울로 보실 장면은 조금은 자극적일 수도 있습니다. 기왕이면 자리를 피해주셨으면 좋겠습니다. 이건 악마 소환사 진청에게 보내는 메시지지 다른 이들에게 보내는 메시지는 아니니까요. 그리고 혹시나 해서 말씀드립니다만 본 영상을 불법 복제하거나 다른 곳으로 옮기려는 시도는 하지 않으시는 게 좋을 겁니다. 어차피 저희가 가지고 있는 컨트롤 타워에서 송출 허가를 내줘야 한다는 것 정도는 아실 겁니다. 마력 홀로그램에 장난을 치려는 시도도 의미가 없을 거고요. 어차피 아티팩트는 일회용입니다. 자, 그럼 지금부터 10초를 센 이후에 곧바로 본론으로 들어가겠습니다. 방금 말씀드렸다

시피 지금부터 보시게 될 장면은 자극적인 장면일 수도 있으니까요. 자! 예브 카리나 님은 일어나셔서 준비하셔야죠.

순간적으로 머릿속에서 안 좋은 생각이 스쳤다. 뭐라고 말을 하려고 하기도 전에 진청 군사의 목소리가 들려왔다.

-십! 구! 팔! 칠!

"다른 분들은 나가주셨으면 좋겠습니다. 이 역시 명령입니다."
"알겠습니다."
"저, 저도 봐야겠어요, 군사님. 아니 제 눈으로…… 직접 봐야 해요. 부탁드립니다. 제발 남아 있게 해주세요. 제발."
"괜찮으시겠습니까?"
"네."
불안하기는 하지만 목도할 수밖에 없다. 직접 지켜봐야 하는 일이었고 내가 감내해야 할 일이었으니까.

-일! 자, 그럼 본격적으로 대화를 해봅시다.

"어?"

-예브 카리나 님도 다시 앉아주시고요. 하핫. 방금 깜짝 놀라신 거 맞습니까? 어허 참. 혹시 제가 예브 카리나 님께 이상한 짓이라도 할 거라고 생각하셨는지 모르겠지만 정말로 그렇게 생각하셨다면 저한테 낚이신 겁니다. 이렇게 보여도 저는 명색이 신에게 선택받은 사람입니다. 비도덕적인 일은 최대한 지향, 아니, 지양하고 있습니다. 예브 카리나 님을 해코지하는 일은 없을 겁니다. 네. 그렇고말고요.

……:

-하지만 이 마력 홀로그램은 진청 군사님께서만 즐겨주셨으면 좋겠습니다. 많은 사람이 봐서 굳이 좋을 건 없으니까요. 남몰래 보낸 연애편지 같은 걸 다른 이들이랑 함께 본다면 편지를 보낸 제 입장이 뭐가 되겠습니까? 뭐, 사실 공화국 친구들과 함께 봐도 전혀 상관은 없지만 가급적이면 혼자 보시는 걸 추천드린다는 겁니다. 제가 무슨 말을 하는지 이해하실 겁니다. 네. 지금 생각하시는 게 맞습니다. 조금이지만 허세를 부리고 있는 게 맞아요.

……:

-제가 쓸데없는 구설수에 휘말리는 걸 싫어해서 나름대로 안전장치를 해놓았습니다만…… 만에 하나 이 영상이 전 대륙에 퍼져 나가도 저는 별로 손해 볼 게 없다는 걸 말하고 싶은 겁니다.

"미친 자식……."

"……."

분하지만 그의 말이 맞다.

만약 이 영상을 전 대륙으로 뿌린다고 해도 현재 흘러가고 있는 여론 전체를 뒤흔들 수는 없으리라.


-자. 그럼 제가 왜 갑자기 이런 영상을 찍어 우리 악마 소환사님께 보낸 걸까요. 크게는 두 가지가 있습니다. 세부적으로 파고 들어가면 조금 더 나오는 게 있겠지만 일단은 두 가지만. 첫 번째는 예브 카리나 님이 제 손에 있다는 걸 말씀드리고 싶어서예요. 그렇지 않습니까?

-네.

-아주 감사하게도. 예브 카리나 님은 저희 신성 연합군에 합류하기로 결정해 주셨습니다. 악마의 하수인으로 살았던 지난날을 참회하고 빛을 위해 싸워주시기로 아주 단호한 결단을 내리셨습니다. 그렇지 않습니까?

-네.

-아무래도 예브 카리나 님이 그동안 당신을 꽤나 신경 쓰고 있었던 모양입니다. 지금은 저와 함께 즐거운 시간을 보내느라 진청 군사님 같은 건 머릿속에서 지워진 것 같지만 그와는 별개로 제가 군사님의 여자친구를 빼앗은 것은 아닌가 하는

걱정도 들기는 합니다. 물론 이건 농담입니다. 너무 심각하게 신경 쓰지는 마세요. 중요한 것은 현재 그녀가 저와 뜻을 함께 하고 있다는 것이니 그것만 알아주셨으면 좋겠습니다. 자. 예브 카리나 님도 기왕 이렇게 된 거 앞으로의 포부라도 밝혀주세요.

-…….

-뭐 하고 계십니까. 앞으로의 포부를 밝혀주셔야죠.

-저, 저는…….

-네네.

-저는 지, 지난 악마의 하수인으로 살았던 지난 과오를 회개하고 이, 이기영 명예추기경의 성은을 입어 다…… 시…… 다시 태어나게 되었습니다. 이, 이제는 다시는 어둠의 진영에 서지 않을 것이며 빛의 진영에 앞장서 악마의 권세를 몰아내는 것에 최선을 다할 것입니다.

-조금 더 단호하게!

-저, 저는 빛으로 다시 태어나게 되었습니다. 이제는 베니고어 여신님의 편에서 공화국의 악마 무리들을 구원하는 데 앞장설 것입니다!


진심이 아니다. 울먹거리는 목소리만으로도 그 정도는 눈치챌 수 있다. 조심스럽게 고개를 돌리자 군사님 역시 같은 생각을 하는지 고개를 끄덕이고 있는 모습을 볼 수 있었다.


　-아주 잘했습니다. 우리 예브 카리나. 아주 잘했어요. 뭐, 이해하기 어려우시겠지만 그렇게 됐다는 겁니다. 제가 무슨 말씀을 드린 건지 아주 잘 이해하실 수 있으리라 믿습니다. 자, 그럼 하나는 끝났고······. 나머지 하나가 더 남았군요. 사실은 앞에 말씀드린 이유는 구색 맞추기에 불과합니다. 개인적으로 제 수완에 대해 자랑하고 싶기도 했고······ 이런 종류의 메시지를 보낼 때 이유가 겨우 하나라면 조금 없어 보이지 않습니까. 그래서 어쩔 수 없이 이런 코너를 만들게 됐습니다. 겸사겸사 속도 뒤집어놓을 겸.

　······.

　-물론 본격적인 이유는 이렇습니다. 이건 일종의 선전포고입니다. 공화국도 교국 쪽에 선전포고를 했으니 저 역시 그에 대한 대답을 들려드리는 게 맞는 것 같아서요. 사실은 경고의 의미가 더 큽니다. 저희 연합군은 지금부터 공화국의 심장으로 들어갈 겁니다. 네. 그 말 그대로예요. 현재 이곳에 있는 이종족들과 함께 곧바로 공화국의 수도로 진격할 겁니다.


　"말도 안 되는 소리야······."

-말도 안 된다고 생각하실 겁니다. 저도 그렇게 생각하고요. 하지만 어쩌겠습니까. 저로서는 가장 전쟁을 빨리 끝날 수 있는 쪽이 그쪽이라 판단하고 있는데. 쓸데없는 희생은 최대한 배제하고 싶거든요. 모두 신과 나라를 위해 일해주신 일꾼들인데 이런 식으로 목숨을 잃는다니 어떻게 생각해도 아깝지 않습니까. 그래서 고심 끝에 이런 결정을 할 수밖에 없었습니다. 하지만 전혀 가능성이 없는 이야기는 아니라고요. 우리 군이 공화국의 심장을 찌르는 건 불과 20일도 걸리지 않을 겁니다. 네. 정확히 20일입니다. 그동안 캐슬락에서는 불가피한 희생이 생기기야 하겠지만 더 큰 대의를 위한 희생이라 생각하면 어쩔 수 없는 거겠죠.

교국은 캐슬락을 버릴 수 없다. 이건 조금이라도 병법을 공부한 사람이라면 당연히 깨달을 수밖에 없는 사안.

-물론 믿기지 않으실 겁니다. 당연히 믿기지 않으실 거예요. 미친 생각이고 말도 안 되는 시도라고 생각하시고 계시겠죠. 해서 다시 한번 말씀드립니다. 저는 공화국의 심장으로 들어갈 생각입니다. 지금부터 군을 돌려 곧바로 동부 전선을 넘을 겁니다. 아마 당신들이 이 영상을 보고 있을 즈음이면 출발 준비가 끝나 있을 겁니다.

"허세야."

-허세 같은 게 아닙니다.

"기만이고 개소리지. 나는 널 알고 있어, 이기영."

-기만도 아니고 개소리 같은 것도 아닙니다.

"넌 지금 무서운 거야. 그래서 쓸데없는 말을 지껄이는 거야. 그때 우리가 뒀던 체스 때처럼 본인이 불리하다는 걸 알고 있으니까 겁먹은 개처럼 짖어대는 거야. 정공법으로 행동한다면 밀릴 거라는 걸 알고 있으니까. 이딴 유치한 심리전에 내가 말릴 것 같아? 이 전쟁이 장난처럼 느껴져? 이건 가위바위보가 아니야. 네가 주먹을 내겠다고 엄포를 내놓는다고 해서 흔들리는 사람은 아무도 없어, 사기꾼 자식."

-저는 사기꾼이 아닙니다. 물론 믿기 힘드시다는 건 알고 계실 겁니다, 악마 소환사님. 하지만 저는 절대 이런 부분에서는 굽히고 들어가지 않아요. 저는 양보하지 않는다, 이 말입니다. 서로 마주쳤을 때 길을 비켜야 하는 건 내가 아니라 당신이 되

어야 해요. 저는 분명히 공화국의 수도로 들어간다고 말씀을 드렸습니다. 당신은 이곳으로 오게 될 겁니다. 저를 막으러 병력을 보내오실 거예요. 캐슬락을 조이고 있는 병력을 물릴 수밖에 없게 될 겁니다.

"피하는 건 네가 될 거다."

-피하는 건 당신이 할 일입니다.

"나는 움직이지 않아."

-저는 움직일 겁니다.

"개소리라는 걸 알고 있어."

-초조해하시는 건 압니다. 당하신 게 있으니까요.

"그건 네가 빌어먹을 사기꾼이라는 걸 몰랐기 때문이야!"

-머리가 똑똑한 사람이라고 뒤통수를 맞지 않는 것은 아닙니다. 본래 똑똑한 사람일수록 후두부가 더 먹음직스럽거든

요. 제가 많이 쳐 봐서 잘 알고 있습니다.

"이기영 이 개자식! 이죽거리지 마! 이 쓰레기 같은 더러운 사기꾼 자식!"

-바로 지금 이 상황처럼 말입니다.

"뭐?"

-제가 하고 싶은 말은 끝났습니다. 기왕이면 제법 멀리 떨어지는 게 좋을 겁니다. 정확히 5초 후에 이 작은 물건이 폭발할 예정입니다. 디텍팅 마법이 가능하다고 해서 방심하시면 쓰나요. 디텍팅 마법에 걸리지 않는 마법도 있다는 걸 눈치채셨어야죠.

"군사님!"
"제길!"

-오!

"지금 바로!"

-사!

"방어 마법을 캐스팅하겠습니다!"

-삼!

"······!!!"

-이!

"이쪽으로 오십시오!"

-일!

"카티아!"

-콰과아아아아아아아아아아앙!!!!!! 아이고! 아이고오! 방금 움찔하신 거 다 봤습니다. 군사님! 아이구. 우리 군사님은 순진도 하셔라! 푸흐하하하핫! 또 속으셨네요. 푸흐하하하하핫!

"이……."

-또 속으셨습니다! 푸흐하하하하핫! 디텍팅 마법에 걸리지 않는 마법이 이 세상에 어디 있습니까! 정말로 마법사 맞습니까? 푸흐. 하하핫!

"이……."

-그리고 이렇게 작은 촉매에 마법이나 다른 수단이 부여해봤자 화력이 얼마나 하겠습니까. 기껏해야 '파직' 하고 부서지는 게 고작입니다. 푸흐하하하핫. 이러면 안 되는데 움찔했을 군사님 얼굴을 생각하니 절로 웃음이 나옵니다.

"이! 쓰레기 같은 사기꾼 자식!"

-그럼 안녕히! 수도에서 뵙겠습니다, 군사님.

"죽여 버리겠어……. 죽여 버리겠어……. 개자식."

-원하시는 게 전부 이루어지길 기도드리겠습니다. 그럼 이만. 아! 마지막으로 한마디만 더. 으음……. 또 속으셨습니다,

군사님.

콰아아아아아아앙!

108장
싸구려 심리전

"……"

"콜록! 콜록! 콜록! 군사님! 괜찮으십니까?"

"괜찮습니다. 직접적으로 피해를 입은 것이 아닙니다. 단순한 눈속임입니다. 피해는 없습니다. 카티아, 당신은 좀 어떻습니까."

"콜록. 네. 저, 저도 괜찮습니다."

뿌연 연기 때문에 계속해서 기침이 나왔다. 연기가 걷힌 뒤 가장 먼저 눈에 띈 것은 군사님의 일그러진 표정. 생전 처음 보는 얼굴을 하고 있어 괜스레 빤히 바라보게 된다.

어째서 저런 표정을 하고 있는지 모를 수 없었다. 나 역시 비슷한 감정을 느끼고 있었으니까. 저도 모르게 손이 떨려오고 있을 정도였으니 구태여 다른 말을 할 필요가 있을까.

물론 이 모든 감정이 온전히 그자에 대한 분노나 적개심 때문만은 아니다. 불안한 이유는 어디까지나 언니의 현 상태에 있다.

'괜찮은 걸까. 괜찮겠지? 아니, 괜찮아 보였어. 틀림없이 괜찮을 거야.'

심한 짓을 당하지는 않을 것이다. 무척 불안한 모습을 보이기는 했지만 일단 마력 홀로그램 속에 언니는 무사해 보였으니까.

정당한 포로의 대우를 받는 것은 아니다. 하지만 적어도 고문을 당하고 있는 것처럼은 보이지 않는다. 불안하기는 마찬가지였지만 한숨 돌릴 수 있다는 표현이 적당하리라. 현재로서는 살아 있다는 것만 생각하면 된다.

걱정하는 표정이 티가 났는지 옆쪽에서 곧바로 목소리가 들려오기 시작했다.

"예브 카리나는 무사할 겁니다."

"네……."

"그자는 예브 카리나를 필요한 말로 생각하고 있고 실제로도 득이 될 거라고 판단하고 있습니다. 당장 죽이거나 해를 끼치지는 않을 거예요. 어째서 예브 카리나가 그자에게 협력하고 있는지는 모르겠지만……."

"언니는 그럴 사람이 아니에요. 분명 뭔가 약점을 잡혔을 겁니다."

"네. 저 역시 카리나를 믿고 있습니다. 틀림없어요."

잠깐 동안 이야기를 나누자 곧바로 상황을 살피기 위해 문 근처를 서성이는 이들이 시야에 비쳤다. 조금 더 언니에 관한 이야기를 하고 싶었지만, 들어온 작전부의 일원들에게 브리핑을 해주는 것이 우선이다.

무엇이 최선이고 무엇이 차선인지는 자신이 가장 잘 알고 있다. 하지만 조금 섭섭해질 수밖에 없다.

눈앞에 있는 진청 군사님의 브리핑에 예브 카리나에 대한 이야기는 없다. 눈에 담겨 있는 것은 오롯이 이기영 명예추기경에 대한 분노.

화가 나는 것도 무리가 아니지만 이토록 흥분하고 이성을 잃은 것 같은 모습을 보는 것은 처음이었다. 평소와 같이 차분하던 모습을 찾기 힘들 정도였다.

물론 겉으로는 평정을 유지하고 있는 것처럼 보이기는 했지만 사람이 보내는 미묘한 신호라는 게 있다. 눈빛 그리고 호흡. 아주 작은 신호지만 제대로 화가 나 있다는 것을 말해주고 있다.

지금까지 봐왔던 그는 감정을 드러내는 일이 없었다. 어쩌면 군사님이 가지고 있는 감정은 배신감일 수도 있다.

처음 교국의 명예추기경에 대한 소식을 들었을 때 군사님은 그에게 일종의 동질감까지 느끼는 듯했다. 그의 진짜 정체에 대해서 깨달은 것은 물론 웃기지도 않은 방법으로 궁지에 몰리자 자존심에 큰 상처를 입은 것이 틀림없으리라.

물론 이번 마력 홀로그램 역시 마찬가지다. 처음부터 끝까지 농락이고 기만이었다는 걸 생각해 보면 화가 나지 않는 것이 이상하다.

괜스레 한숨을 내쉬는 상황에도 아직까지 브리핑은 계속되는 중. 약식에 불과하지만 자세하다면 자세하다고 말할 수 있는 수준의 설명. 금방 고개를 끄덕이는 이들 사이로 다시 한번 한숨을 쉬었다.

"그럼…… 그자의 말대로라면 에베리아의 군대가 현재 공화국의 수도로 향하고 있다는 건가요?"

"아뇨. 아직 아무것도 확실하지 않습니다. 그리고 조금 전 말이 결코 거짓일 확률도 간과할 수 없습니다. 개인적으로는 거짓이라는 생각이 듭니다만…… 명예추기경 그자는 방금 공포탄 같은 사람입니다. 자신을 부풀리고 또 부풀리고 과대포장 하는 사람이에요. 정말로 공화국의 수도로 향할 거라면 이렇게 미리 전하지는 않을 겁니다."

하지만 초조해 봤자 달라지는 일은 없다. 손톱만 물어뜯고 있을 수는 없다. 다시금 군사님의 목소리에 귀를 기울일 수밖에 없었다.

'일리는 있어.'

공화국의 수도로 향한다는 건 어떻게 생각해도 어처구니없는 발언. 만약 내가 교국 진영 소속이었다면 그의 주장을 말리기 위해 최선을 다했으리라.

아직 다른 전선들 역시 팽팽하게 유지되고 있는 타이밍. 수도로 진격한다, 안 한다를 판단하기 이전에 넘어가는 것이 불가능하다. 아직 에베리아 왕국의 병력은 전선조차 넘지 못했다.

'미친 짓이야.'

무리하게 전선을 밀어내고 뚫어낸다고 한들, 자신들의 병력만 깎아먹는 꼴이다. 그런 극단적인 결정이 가능할 리가 없다.

"그, 그럼 군사님. 방금 영상은 도대체 무슨 의미가 있었던 건지……."

"혼란을 주기 위해서라고 보면 될 것 같습니다. 전부 거짓말이고 기만입니다. 말하자면 이건 퍼포먼스고 쇼맨십에 불과합니다. 그자는 광대처럼 카메라를 앞세우고 연기를 하는 거예요."

"퍼포먼스……."

"모두 쇼로군요."

"무슨 말씀을 하시는지 잘 모르겠습니다. 에브 카리나 님."

"모두 연기예요. 당신이 카메라에 담은 모습. 전부 다 당신의 본래 모습이 아니에요."

"아니, 절 언제 봤다고 본래 모습, 본래 모습이라고 하십니까. 낯선 사람이 아는 척하는 것만큼 기분 나쁜 것도 없습니다, 카리나 님. 아, 이제는 낯선 사람이라고 하기엔 제법 가까워졌으니……. 음, 뭐 당신 말도 일리가 있다고 치겠습니다."

"과장된 표정과 몸짓과 도발하듯 이죽거리는 표정, 모두가 거짓입니다. 자기 자신이 대담한 수를 던질 거라고 과장하고 실제로도 그렇게 행동할 거라고 생각하게 합니다. 그렇게까지 할 필요가 있는 건가요?"

"아아. 무슨 이야기를 하는지 알겠네요. 원래 동물들도 저마다 생존하는 방법이 다르지 않습니까. 겁을 먹으면 덩치를 키우는 짐승들은 지구에서도 많지 않았습니까. 본래 인간은 자연에서 배우는 법입니다."

"금방 탄로 날 겁니다. 아니, 군사님이 눈치채지 못할 리가 없습니다."

"포식자들이 멍청해서 속는 게 아닙니다. 그들이 바보라서 그러는 게 아니에요, 예브 카리나 님. 뭔가 있는 것처럼 보이는 건 생각보다 효과가 있습니다. 조금 예가 다르기는 하지만 거지꼴로 데이트 신청을 건네는 남성과 잘 빠진 양복을 빼입고 데이트 신청을 하는 사람을 두고 누가 좋냐고 물어본다면 백이면 백 후자를 선택할 겁니다. 이건 자연스러운 거예요. 동물들은 본래 빤히 보이는 수작에 놀아나기도 합니다. 인간도 동물이고요. 겉모습과 포장이라는 건 그만큼 효과가 있습니다. 아, 그리고 그렇게 혐오스럽다는 표정으로 열심히 딜을 넣어봤자. 제 얼굴은 철판이라 딜 교환이 성립되지 않습니다. 당신 얼굴만 찌푸려질 뿐이에요."

"……"

머리를 쓰다듬으며 조용히 입꼬리를 올리는 얼굴이 시야에 비쳤다. 순간적으로 온몸에 소름이 끼쳤지만 다른 말을 할 수 있을 리 만무하다. 조용히 고개를 숙이는 것밖에는 할 수 있는 일이 없는 현재 상황이 저주스러웠다.

'이 사람은 멍청한 사람이 아니야.'

생각하면 생각할수록 그런 생각이 들어와 꽂힌다. 그는 결코 멍청한 사람이 아니다. 아마 그건 자신보다 영상을 보고 있을 군사님이 더 잘 알고 있으리라.

누구보다 남의 심리를 꿰뚫고 있는데 정통한 사람이라고 생각할 수밖에 없었다.

방금 마력 홀로그램은 어떻게 생각해도 단순한 심리전이라고 하기 힘들다. 모든 대사, 모든 표정이 그렇다.

영상의 시작부터 자극적이며 집중할 수밖에 없게 만든다. 나를 마치 물건처럼 다뤘던 것도, 삼류 양아치 같은 행동 하며, 그의 발언 모두 퍼포먼스다.

가벼운 거짓말로 상대방을 속이고 자신은 언제든지 상대를 속일 수 있다고 인지시킨다. 능력을 과시하고 쓸데없는 궤변으로 정신을 흔들어놓는다.

터져 나온 공포탄과 그전에 있었던 쇼 역시 마찬가지. 앞에 나왔던 모든 행동과 말투와 도발이 모두 보여주기다. 모든 게 공화국의 수도로 향한다는 말을 전하기 위해 만들어진 쇼.

생각할 만한 여지가 없게 느껴지는 것이 이상하다.

'그는 공포탄 같은 사람이야.'

그것만큼 어울리는 표현이 없다고 생각했지만 이자를 단순한 공포탄으로 비유하는 것은 과소평가다. 거짓 탄환 속에 진짜를 숨기고 있는 종류의 사람이라고 생각했다.

'군사님도 알고 있을 거야. 분명히 그렇게 생각하고 있겠지.'

"어떻게 하실 생각입니까."

"글쎄요. 답은 당신도 잘 알고 있을 것 같습니다만. 솔직히 아직 결정하지 않았습니다. 애초에 제 뜻을 전하는 것보다는 혼란을 주는 게 목적이었거든요. 사실…… 저보다는 당신이 더 잘 알고 있을 겁니다. 예브 카리나 님. 장담컨대 제가 어떤 생각을 할지 알고 있어요."

"아뇨. 저는……."

"제가 한 말 기억하고 있잖아요, 예브 카리나. 그들에게도 분명히 전했습니다. 저는 양보하지 않는다고요. 그건 거짓말이 아니에요. 저는 이미 들어간다고 결정을 내렸고 그들에게도 통보했습니다. 어떻게 반응할지는 그들이 결정해야 할 겁니다."

"……."

"저는 양보하지 않습니다. 그들이 어떤 선택을 하든지는 상관없습니다."

"흔들리지 않습니다. 그자는 군사나 책사 같은 사람이 아닙니다. 사기꾼이며 모사꾼이고 남을 속이는 것밖에는 할 줄 아는 게 없는 사람입니다."

그렇게 폄하할 정도의 상대는 아니라고 생각했다. 하지만 인상을 찌푸리고 있는 군사님을 보고 있자니 괜스레 찝찝한 감정이 날아 들어왔다.

'인정하기 싫으신 거야.'

이 추측이 맞다고 생각할 수밖에 없었다. 물론 방심하고 있거나 상대를 얕잡아 본다고 생각하지 않았다. 적어도 그런 종류의 사람은 아니다.

"이기영 명예추기경 역시 자신의 상황이 결코 유리하지 않다는 걸 누구보다도 잘 알고 있을 겁니다. 캐슬락의 현 상황에 대해서 잘 알고 있는지는 모르겠지만 전체적인 전황이 설명해 줍니다. 저 마력 홀로그램을 보내온 것은 본인의 불안을 숨기기 위한 행동이기도 할 겁니다."

"그렇다면 이기영, 그자가 노리는 것은 아마……"

"병력의 분할. 지휘부의 혼란. 가장 원하는 것은 현재 캐슬락 공략을 준비하고 있는 병력을 뒤로 물리는 것. 어떤 식으로든 액션을 취하는 것 자체를 기다리고 있을 겁니다."

"하지만 군사님, 저들이 공화국의 수도로 향하는 게 꼭 불가능한 것만은 아닙니다. 어쩌면…… 라이오스를 통해 공화국으로 향하는 그림을 그리고 있을 수 있을……"

"그것 역시 염두에 두고 발언한 게 틀림없습니다. 흔히 써먹는 수법입니다. 만약에 우리 수도로 향할 수 있는 방법을 가지고 있지 않았다면 이런 영상을 보내오지도 않았을 겁니다. 실제로 가능하기 때문에 던진 거라고 보는 게 맞는 거겠죠. 용병 여왕이 머물고 있는 라이오스를 생각해 둔 발언이라고 파악합니다."

"……"

"그자는 캐슬락을 버리지 못합니다."

"네?"

"아마 분명 그렇게 생각했을 겁니다. 아니, 그럴 겁니다. 그자는 캐슬락을 버리지 못하고 결국에는 이쪽으로 찾아올 겁니다."

"군사님 그 말씀은……."

"……예전의 저였다면 충분히 그렇게 생각했을 겁니다. 단순한 기만 전술이고 그자의 말은 귀담아들을 가치도 없다고 말입니다."

"……."

"아마 이기영 명예추기경은 수도로 향할 겁니다. 틀림없어요."

"그게 가능할 거라고 보십니까?"

"그는 사기꾼이지만 담이 큰 사람입니다. 주사위를 던져야 할 타이밍을 알고 있는 사람이라고 말하는 게 이해하기 쉬우실 겁니다. 아마 다완 전선을 옆으로 지나 라이오스에 체류하고 있는 붉은 용병과 합류. 운이 좋으면 용병여왕과 함께 공화국의 심장으로 들어가려는 계획이겠죠. 라이오스에 남아 있는 보급품을 생각해 보면 어쩌면 수도까지 닿을 수 있다는 계산을 했을지도 모릅니다. 아슬아슬하겠지만요."

"확실히 전혀 가능성이 없는 이야기는 아닙니다만, 본인이 먼저 들어가겠다고 알린다는 게 저희로서는 도저히 이해할 수 없습니다."

"아마 알고 있을 거라고 생각합니다."

"어떤……."

"캐슬락을 미끼로 다른 전선에서 이득을 보고 있다는 걸 눈치채고 있는 겁니다. 그렇기 때문에 캐슬락에 있는 병력을 빼주기를 바라는 거죠. 아무 의미 없이 보였던 퍼포먼스의 목적은 바로 그겁니다. 조금이라도 캐슬락이 숨을 쉬게 만드는 것. 이건 기뻐해도 될 것 같습니다. 쓸데없는 짓을 벌일 정도로 캐슬락의 상태가 안 좋다는 걸 이야기하는 거나 다름없으니까요."

"그렇다면 진청 군사님께서는……."

"본대는 캐슬락에 남길 겁니다. 적들이 원하는 대로 움직이기보다는 조금 더 확실하게 숨구멍을 틀어막도록 하지요. 물론 최소한의 병력을 편성해 적의 진군을 지연시킨 이후 보급품을 최대한 소모시켜 퇴로가 없는 병력을 쳐낼 겁니다. 조금 돌아가게 되겠지만 시간은 충분할 겁니다."

'정석이야.'

말 그대로 정석에 가까운 편성이다. 캐슬락에 대한 압박을 유지하면서 곧바로 공략전에 들어가는 것.

적 병력은 수도로 향하게 되겠지만 이곳에 있는 병력의 일부를 뺄 수 있다면 진군을 지연시키는 것이 가능하다. 발목이 잡힌 적은 보급품을 소모하게 될 것이고 결국엔 천천히 고립되며 말라 죽게 될 것이다.

몇 가지 변수를 더 생각해도 충분히 합리적이라고 할 수 있는 선택.

하지만 전혀 위험 부담이 없는 것은 아니다.

'만약에 적들이 수도로 향하지 않는다면?'

만약 이기영 명예추기경과 그의 군대가 수도로 향하지 않는다면 캐슬락 전선의 입장이 조금 당황스러워질 수도 있다.

어느 정도의 비율로 병력을 나눌지는 아직 이야기가 나오지 않았지만 1/5, 아니, 1/7을 다른 곳으로 투자하는 것도 위험부담이 없다고 이야기할 수는 없다. 말하자면 바위를 낸다고 말하고 가위를 내는 싸구려 심리전에 당할 수도 있다는 거다. 고작 말 몇 마디에 병력 전체가 흔들릴지도 모르는 상황.

하지만 군사의 표정은 변함이 없다. 어떻게 봐도 자신의 판단이 맞다고 확신하는 듯한 얼굴. 단순한 자신감의 표현이 아니다. 분명히 이기영 명예추기경이 수도로 향할 거라고 생각하고 있다.

천천히 입을 열어 말을 건넨다. 마음속 한구석에서 피어나는 불안을 해소하기 위함이었다.

"군사님."

"말씀하셔도 됩니다."

"혹시 수도로 보낼 병력은 어느 정도로 생각하고 계신 건지."

"총병력의 1/6입니다."

"그건……."

"보급 물자 역시 적지 않은 물량을 지원하게 될 겁니다. 캐슬락에서 일어날 싸움보다는 수도에서 일어날 싸움이 더욱 장기전이 될 테니까요."

"그…… 군사님을 의심하는 것은 아니지만 만약 저들이 수도로 향하지 않는다면……."

"수도로 향하지 않는다고 하더라도 캐슬락 공략은 가능합니다. 만약 그들이 수도로 향하지 않더라도 충분히 감당할 수 있습니다. 현재 캐슬락에 모여 있는 전력이라면 분명히요."

"어떻게……."

'그렇게 확신하실 수 있는 겁니까.'

목소리가 목구멍에서 튀어나오려 한다. 하지만 그런 말을 입 밖으로 내뱉을 수 있을 리가 없다.

"어째서 제가 이렇게까지 확신하는지 궁금하신 표정이군요."

"죄, 죄송합니다. 군사님."

"해답은 아주 간단하니까요."

"그게 무슨……."

"메시지를 받았습니다. 아주 고마운 메시지를요."

"이미 알고 있으면서 왜 또 물어보고 그러십니까, 예브 카리나 님. 저희는 수도로 향할 겁니다. 캐슬락은 버릴 거예요."

"당신…… 진심인가요?"

"그을쎄요. 진심일까요. 거짓말일까요?"

누가 봐도 놀리는 표정이다. 이죽거리는 얼굴에 마법을 박아 넣을 수 있다면 수백 번이라도 했을 것이다. 지금까지 살면서 내가 다혈질이라고 생각해 본 적은 없다. 오히려 평정심을 잘 유지하는 쪽이라고 생각했지만 그건 저 이기영 명예추기경을 만나기 전의 이야기. 살살 속을 긁어놓으며 도발하는 표정은 어째서인지 화를 불러일으킨다. 아마 자기 자신도 인지하고 있으리라.

괜스레 고개를 돌리며 다른 곳을 바라보자 보기 싫은 얼굴을 더 들이미는 모습이 시야에 비친다.

"으음. 사실 아직 답은 정해지지 않았습니다, 카리나 님."

"네?"

"정확히 말하면 영상이 나가기 전까지는 답을 찾지 못하고 있었습니다. 말 그대로 싸구려 심리전이었고 혹시나 하는 마음에 던져본 게 전부입니다. 현재의 군대가 약하다고 하기는 힘들지만 저는 최대한 전력을 보존하며 이기고 싶거든요. 무의미한 피해가 일어나는 건 당연히 지양해야지요. 모두가 저희를 위해 일어서 준 일꾼 아닙니까."

"방금 그 영상이 고작 그걸 위해서였다는 겁니까?"

"정확히 말한다면 그렇습니다. 반응을 떠보고 싶었거든요."

"그건……."

"말 그대로 반응을 떠보고 싶었습니다."

"멍청한 생각입니다. 반응을 보고 난 이후에 움직이는 건……."

"압니다. 알아요. 캐슬락 전선에 있는 공화국이 먼저 움직인 이후에 저희 병력을 움직이는 건 멍청한 짓이라는 거. 저도 아주 잘 알고 있습니다. 소규모 별동대를 움직이는 것도 아니고 덩치가 큰 병력을 움직이는 일입니다. 상대보다 두세 걸음이나 늦게 움직인다는 건 바보 같은 짓이죠. 제가 말씀드린 것은 그런 뜻이 아닙니다. 반응을 보고 싶다는 건 그런 뜻이 아니었어요."

"혹시 그 아티팩트에……."

"도청장치 같은 것도 없습니다. 우리 둘의 사이좋은 모습은 그 시점 이후로 완벽하게 폐기됩니다. 애초에 이곳에서 저곳을 훔쳐볼 수 있었다면 이런 귀찮은 짓거리를 하지 않았을 겁니다. 끄응. 그런 장치가 있으면 소원이 없겠네요."

"그렇다면……."

"조금 예상하고 계실지는 모르겠습니다만, 예브 카리나 님. 제가 떠보고 싶은 건 악마 소환사의 반응이 아닙니다. 네. 바로 당신의 반응이었습니다."

"……."

"사실 저도 확신하기는 힘들지만 뭐, 원래 똑똑하신 분들은 호랑이 굴에 잡혀가도 정신을 똑바로 차리고 있지 않습니까."

"……."

"저는 당신이 틀림없이 어떤 메시지를 보낼 거라고 생각했습니다. 그리고 그게 들어맞았어요. 자, 그럼 우리 한번 영상을 돌려 봅시다. 당신과 제가 찍은 찐한 영상을 천천히 다시 돌려보는 게 좋겠네요. 손가락. 그리고 눈동자."

"무슨 소리를 하시는 겁니까."

"손가락. 그리고 눈동자. 그리고 다리."


-33살…… 예브…… 카리나입니다.


"여기서 손가락."


-조금 의외네요. 이곳에 온 지는 얼마나 되셨습니까?
-7년 전입니다.


"여기서도 새끼손가락."


-첫 번째는 예브 카리나 님이 제 손에 있다는 걸 말씀드리고 싶어서예요. 그렇지 않습니까?


"여기서는 눈동자. 솔직히 자세히는 모르겠습니다. 모스부호 같은 것도 아니고 무슨 암호인지도 모르겠는데……. 뭐, 그건 중요한 게 아니겠죠. 어차피 공화국에서만 사용하는 암호이자 신호 같은 걸 테니. 아니면 악마 소환사들 사이에서만 통용되는 악마의 대화일 수도 있고요. 빛의 선택을 받은 저로서는 뭐가 뭔지 알 수 없습니다. 한 가지 확실한 것은 당신이 악마 소환사에게 메시지를 주려고 한다는 겁니다."

"말도 안 되는 망상입니다. 떠보려는 생각이라면…… 잘못 짚으셨습니다. 저는 아무런 메시지도 보내지 않았어요."

"음. 그렇게 느껴질 수도 있겠네요. 확실히 평소 행동과도 별 차이 없고 그냥 흘려 넘긴다면 충분히 그럴 수 있을 정도니까요. 근데, 예브 카리나 님. 저는 눈이 조금 좋아요. 남들보다 아주 조금 뛰어난 정도지만 관찰력이라는 게 조금 뛰어난 건가 봅니다. 계속해서 예브 카리나 님이 악마의 메시지를 전하는 게 보입니다. 아직 정화가 덜 된 모양이에요."

"말도 안 되는 소리입니다."

"글쎄요. 말이 되는지 안 되는지는 확인을 해보면 되는 문제고……. 물론 당신이 보낸 암호들을 해석하는 데 시간이 좀 걸리겠지만 솔직히 해석할 필요조차 없게 느껴지네요. 아! 이 부분은 확실히 알 것 같습니다. 여기서 잠깐 빨리 감기."

-저는 사기꾼 같은 게 아닙니다. 물론 믿기 힘드시다는 건 알고 계실 겁니다, 악마 소환사님. 하지만 저는 절대 이런 부분

에서는 굽히고 들어가지 않아요. 저는 양보하지 않는다, 이 말입니다. 서로 마주쳤을 때 비켜야 하는 건 내가 아니라 당신이 되어야 해요. 저는 분명히 공화국의 수도로 들어간다고 말씀드렸습니다. 당신은 이곳으로 오게 될 겁니다. 저를 막으러 병력을 보내오실 거예요. 캐슬락을 조이고 있는 병력을 물릴 수밖에 없게 될 겁니다.

"여기서도 손가락. 다시 한번 되돌려서 볼까요?"

-저는 절대 이런 부분에서는 굽히고 들어가지 않아요. 저는 양보하지 않는다, 이 말입니다.

"조금 움찔하시는 것 같네요. 예브 카리나 님. 다시 한번 봅시다."

-저는 양보하지 않는다, 이 말입니다.

"어디서 많이 들었던 말이네요. 당신에게도 분명히 똑같은 말을 했던 거로 기억하는데. 실제로 이 문장은 지금의 저를 있게 만들어준 제 가치관의 일부입니다. 한 다섯 번 정도는 이야기하지 않았나요?"

"……."

"누군가를 어떤 사람이라고 생각하게 한다는 건 생각보다 힘든 작업입니다, 예브 카리나 님. 쓸데없는 쇼도 해야 하고. 그에 맞는 행동도 보여야 하지요. 자, 여기서 문제 한번 내봅시다, 예브 카리나 님. 당신이 생각하는 저는 어떤 사람입니까? 바라건대, 양보하지 않는 사람으로 비쳤으면 좋겠습니다. 그렇게까지 머릿속에 집어넣었는데도…… 콜록! 아, 실례. 다시 말하겠습니다."

"……"

"그렇게까지 반복해서 제가 어떤 사람인지를 보여줬는데도 악마소환사에게 보낸 지금의 메시지가 부정의 뜻이라면 제가 조금 슬퍼지지 않습니까?"

-저는 양보하지 않는다, 이 말입니다.

"여기서 보이는 손가락 한 번, 이건 분명히 가능성이 있을지도 모른다. 혹은 생각해 볼 만한 여지가 있다. 혹은 이기영 명예추기경은 수도로 향할 것이다. 혹은 이기영 명예추기경은 양보하지 않는 사람이다. 제 망상이 어떻습니까. 제법 그럴듯하지 않습니까?"

"틀립니다. 당신의 생각은 틀립니다. 헛짚고 있습니다."

"아뇨. 틀릴 리가 없습니다. 해석은 잘 못 하겠지만 아마 틀림없이 제 생각이 맞을 거예요. 아마 지금까지 열심히 회의를 하고 있을 진청 쓰레기도 당신이 보낸 메시지 덕분에 제가 수도로 향할 거라고 믿고 있을 겁니다. 크으. 동료애라는 건 좋습니다. 그렇지요?"

"마음대로 생각하십시오. 이기영 명예추기경. 당신은 지금 쓸데없는 트집을 잡고 있습니다. 겨우 손가락을 움직였다고 캐슬락에 있는 본대가 흔들린다고 생각하는 것 자체가 머, 멍청한 생각입니다. 저는 그들에게 메시지를 보내지 않았을뿐더러……. 당신도 말도 안 되는 추측으로 병력을 움직이는 건 좋지 않을 겁니다. 도박이에요."

"크으. 좋은 말씀 감사합니다만 저는 당신만 믿고 있는 것이 아닙니다, 예브 카리나 님. 저는 악마 소환사 진청을 믿습니다. 짧은 영상 중에 그가 당신이 보낸 신호를 캐치할 거라고 믿는 거고 또 그가 당신을 신뢰한다는 걸 믿습니다. 꺼지지 않는 동료애! 저는 그런 걸 믿고 있어요. 크으……."

"말도 안 되는 헛소리……."

"헛소리인지 아닌지는 제가 판단해요, 예브 카리나 님. 자, 그럼 여기서 다시 한번 문제 나가겠습니다. 지금까지 계속해서 예브 카리나 님께 제가 양보하지 않는 사람이라는 걸 어필하고 또 어필했는데 말입니다. 이런 경우에는 제가 어떻게 움직일지 예상이 가십니까? 양보하지 않고 수도로 진격할까요? 아니면 그 반대일까요?"

"……."

"저는 제가 한 말을 끝까지 지키는 신의 있는 사람일까요, 아니면 내뱉은 말과 신념을 아무렇지도 않게 뒤바꾸고 태세전환을 일삼는 개새끼일까요?"

"……."

"정답은…… 후자였습니다! 이기영 명예추기경은 태세전환을 일삼는 개새끼가 맞습니다. 제가 아주 또 양보 하나는 기가 막히게 해낸답니다, 예브 카리나 님. 멍! 멍멍! 멍! 푸흐하하하핫! 갑시다! 캐슬락으로!"

"……."

"캐슬락으로 가자! 멍! 멍! 멍!"

"개…… 개새끼."

"저라고 이러고 싶어서 이러는 줄 아십니까? 본래 사람이라는 건 어쩔 수 없이 신념을 저버릴 때도 있어야 하는 법입니다, 예브 카리나 님."

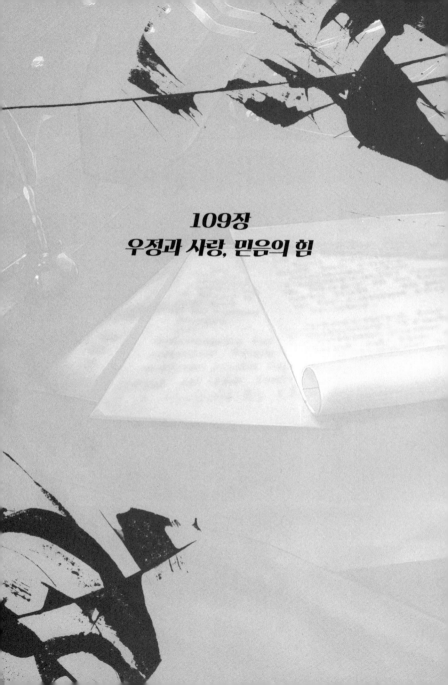

# 109장
# 우정과 사랑, 믿음의 힘

"어떻게 여행길은 좀 편안하십니까?"

"개새끼……."

"너무 그렇게 매도하시면 기분이 좋지만은 않습니다. 제 입장에서도 여러 가지 양보해 드린 겁니다. 배신을 당했는데도 포로들이 멀쩡하지 않습니까? 제가 정말 사이코패스 같은 쓰레기였다면 현재 아군이 붙들고 있는 포로들을 전부 생매장했을 겁니다. 이렇게 함께 전쟁터로 끌고 가는 일은 없을 거예요."

"……."

"예브 카리나 님께서는 빛의 진영 쪽에서도 지대한 역할을 하게 될 거라 말씀드리지 않았습니까. 아! 물론 당신에게 맡겨진 역할은 겨우 이 정도가 끝이 아닙니다. 기왕 빛을 위해 일해주시기로 마음먹었는데 겨우 이 정도로 끝나면 쓰나요. 앞으로도 열심히 일해주시게 될 테니 마음 단단히 먹으셔야 합니다."

"군사님이 흔들릴 거라고 생각하면 오산입니다."

"흔들리지 않을 이유가 있습니까? 그자는 신이 아니라 인간입니다. 하물며 신도 뒤통수를 맞는데 제까짓 게 뭐라고 버티겠습니까. 머리 좋은 사람도 잘못된 판단을 하는 경우는 아주 많아요. 당신처럼요."

"알고 싶지 않습니다."

"타인을 믿을 때 그런 경우가 종종 일어나죠. 성공한 사업가가 가까운 친구에게 뒤통수를 맞아 파산한다거나, 보증 잘못서서 한 방에 훅 간다거나. 사기 같은 거 절대로 당하지 않을 것 같은 사람이 간혹 무너지는 경우가 그거예요. 타인을 너무 많이 믿는 거. 사회적으로 성공한 사람도, 남들과는 다른 특별한 재능을 가지고 있는 사람도 멍청해서 뒤통수를 맞는 게 아닙니다."

"군사님은……"

"믿기 힘드시겠지만 이런 저라도 절대적으로 믿는 사람이 세 명 정도는 있습니다. 아니, 네 명이지요. 이런 제가 멍청하게 느껴지기는 하지만 이건 어쩔 수 없다고 생각합니다. 단언컨대 제가 진청 군사의 입장이고 제가 믿는 이가 포로로 잡혔다면 저 역시 그들을 믿을 겁니다. 물론 여러 가지 합리적 의심은 따라오겠지만 그런 부분을 제쳐놓고서라도…… 믿고 싶을 겁니다."

"……."

"진청 군사가 믿는 것은 제가 아니라 당신이에요, 예브 카리나. 물론 제가 어떻게 움직일 거라는 생각이 깔려 있겠지만 결정적으로 그가 믿고 있는 건 당신이란 말입니다. 그런 의미에서 이번 작전은 굉장히 의미 있고 재미있는 시간이 될 겁니다. 만약……."

"……."

"만약 우리가 수도로 향하지 않고 캐슬락으로 향한다면 공화국이 이 사태에 대해 어떻게 판단할 거라 생각하십니까? 단순히 신의를 지킬 줄 모르는 개새끼에게 뒤통수를 맞았다고 생각할까요? 아니면 믿었던 예브 카리나 님이 빛으로 교화되어 저와 함께했다고 생각하게 될까요. 궁금하지 않습니까? 만약 당신이 준 힌트를 믿고 있다면 후두부에 크게 충격을 받을 텐데. 아마 이만저만한 게 아닐 겁니다. 어쩌면 공화국 역사상 가장 커다란 통수를 친 위인으로 추앙받으실 수도 있으실 겁니다. 네. 그렇고말고요."

"……."

"압니다. 공화국의 훌륭한 인품을 가지고 계신 분들은 결코 예브 카리나 님을 탓할 리가 없다는 거. 감히 누가 예브 카리나 님 같은 분을 탓하겠습니까? 어디까지나 불안하고 걱정되어서 드리는 말입니다. 뭐, 결과는 시간이 알려주겠지요. 자! 일단 갑시다! 편성도 어느 정도 마무리된 것 같고, 이제는 움직이는 것밖에 남지 않았습니다."

"쓰레기 같은 인간……."

"재미있으실 겁니다. 우정과 믿음의 힘을 이용해 빛이 승리하는 스토리는 굉장히 흔한 클리셰 아닙니까? 하지만 그만큼 먹어주는 소재이기도 합니다. 푸훗!"

'메시지를 받았습니다. 아주 고마운 메시지를요.'

'메시지 말씀이십니까? 그건…….'

'예브 카리나에게서 받은 메시지입니다. 카티아, 당신의 말이 맞았습니다.'

'언, 언니가 언제…….'

'마력 홀로그램이 진행되고 있는 내내입니다.'

'그, 그랬군요. 그랬어요. 그랬던 거군요.'

'네. 아직 그녀 역시 저희와 함께 싸우고 있습니다.'

방금 들었던 이야기를 떠올리자 괜스레 주먹이 꽉 쥐어졌다. 걱정되는 것이 당연하다. 현재 언니가 처해 있는 상황을 생각하면 백번 걱정해도 부족함이 없다. 에베리아 전선은 완전히 무너졌고 언니도 이기영 명예추기경에게 붙잡혔으니까.

하지만 이쪽도 계속해서 손 놓고만 있을 수는 없다고 생각했다.

'아직 포기하지 않은 거야.'

그 말대로. 최악이라고 할 수 있는 상황에서도 계속해서 활로를 찾고 있던 것이다. 그 순간에도 메시지를 보낸 언니와 그걸 캐치해 낸 군사님을 떠올리자 저도 모르게 고개가 끄덕여졌다. 사실 해석된 메시지의 내용 자체는 대단하다고 하기는 힘들었다.

전해 들은 것은 고작 전체적인 병력의 규모, 현재 에베리아 전선의 상황, 이기영 명예추기경이 수도로 갈 확률이 높다는 것 정도가 전부다.

간단한 수화로 전할 수 있는 정보량에는 한계가 있기에 이 정도를 받아들이는 게 고작이었다. 물론 그전까지 정보가 없었다는 걸 생각해 보면 눈에 띄는 성과다.

수도로 병력을 얼마나 보낼지에 대해서도 언니의 메시지가 있었기에 정할 수 있었다. 에베리아 전선의 병력을 고려하고 그걸 바탕으로 편성한 부대.

떠나는 병력뿐만이 아니라 남아 있는 병력 역시 마찬가지다. 만약 변수가 생기더라도 충분히 대응할 수 있는 병력을 캐슬락에 남겨둔 것은 군사님다운 행동이었다.

눈 깜빡할 사이에 재정리된 부대는 누가 봐도 입을 벌리기에 충분했다. 심지어 현재 동부 전선을 유지하고 있는 공화국 병력의 일부도 차출했으니 그 능력이 어느 정도였는지 굳이 설명할 필요도 없으리라.

정리하자면 혹시 모를 적의 습격을 대비할 수 있는 병력을 유지한 채 에베리아군에 즉각적으로 대응할 수 있는 부대를 정리한 것이다.

물론 이런 종류의 편성에는 위험 부담이 존재한다. 전선을 유지하는 병력을 조금씩 줄여야 했고 가장 중요한 캐슬락 역시 주요 병력을 수도로 보내야 하는 도박을 감행해야 했으니까.

그럼에도 불구하고 이런 수를 감행할 수 있는 이유는 단 하나.

'군사님의 판단이니까.'

그 말대로 아마 모두가 믿고 있는 것이리라. 군사님이 남은 병력만으로도 버틸 수 있다고 판단했다. 그렇게 판단했다면 따르면 된다. 지금까지 공화국은 그렇게 움직여왔고 실제로도 커다란 성과를 내왔다.

이곳에 있는 지휘부가 모두 군사님의 판단을 믿고 있다. 당연히 그 판단에 대한 의심은 없었고 실제로도 편성 자체는 완벽했다.

물론 그 와중에도 잡음이 전혀 없는 것은 아니었다. 군사님에 대한 불신이 아닌 다른 사람을 향한 불신이었다.

"편성 자체는 저희가 뭐라 말씀을 드릴 수가 없을 정도로군요. 적 병력에 정령사의 비율이 높은 것이 걱정됐었는데 아마 충분히 그들의 발을 묶어놓을 수 있을 겁니다. 보급의 문제도 완벽해 보이고. 흠, 다완 전선 쪽이 조금 힘을 잃지는 않을까 하는 생각을 해봤습니다만……"

"다행이로군요."

"물론 조금 걱정이 되는 부분이 없는 것은 아닙니다."

"혹시 제가 놓치고 있는 부분이 있습니까?"

"아닙니다. 놓치신 게 있다는 말이 아니오라……. 이런 말씀을 드리는 게 제 입장에서도 마음이 편치 않지만…… 그래도 한 번쯤은 생각해 볼 만한 부분이라 사료되옵니다."

"말씀하셔도 됩니다."

"제가 말씀드리고 싶은 것은 그……"

"……"

"일단 노파심에 드리는 말씀이라고 생각해 주셨으면 좋겠습니다. 에, 에베리아 전선이 그렇게 쉽게 무너진 게 아무리 생각해도 이해가 되지 않아서……. 예브 카리나 님이 전해오신 에베리아 병력 규모를 고려하면 더욱 이해가 가지 않습니다."

"무슨 말씀을 하고 싶으신 겁니까, 라이엇 님."

"물론 카티아 님께서 계신 자리에서 이런 말을 드리는 게 예의가 아니라는 것을 알고 있지만 저는 혹시나 예브 카리나 님께서……."

"……."

"예브 카리나 님께서 다른 생각을 하고 있을 가능성에 대해서도 생각을 해보셔야 한다고 생각합니다."

"라이엇 님, 언니가 배신이라도 했다고 말씀하시는 겁니까?!"

"그런 뜻이 아닙니다. 하지만 가능성 자체를 무시하면 안 된다고 생각합니다. 에베리아 전선에 있는 사제들의 숫자, 병력 규모, 성벽의 크기를 생각해 보면 하루 만에 공략되었다는 게 이해할 수 있는 일입니까? 예브 카리나 님께서는 보, 본인의 입으로 이제는 교국의 편에 서겠다고 말씀하시기도 했고……. 저, 저는 마력 홀로그램을 보지는 못했지만 단순한 포로라고 하기엔 상태 역시 무척 좋아 보였습니다."

"마치 언, 아니, 예브 카리나 님이 고생이라도 했어야 한다는 말이로군요."

"그런 것은 아닙니다만 충분히 생각할 여지는 있습니다. 에베리아 전선이 공략된 일에 예브 카리나 님의 입김이 들어가 있다고 가정해 본다면 어째서 그토록 빨리 공략되었는지 설명이 됩니다. 계속된 적들의 선전 활동에 혹여나 잘못된 생각을 하고 계시는 건 아닌지……. 그리고 그 결과 극단적인 선택을 하신 것이 아닌지 걱정됩니다."

"말도 안 되는 모함입니다. 군사님, 들을 가치도 없는 말입니다."

"하지만 한 번쯤은 생각하셔야 합니다, 군사님. 저도 이런 생각을 하기는 싫습니다만 그녀가 변절했을 가능성에 대해서도 생각을 해주셔야 합니다."

"당신…… 정말로 언니가 나를 두고 교국 쪽으로 넘어갔을 거라고 생각하는 거야?"

"언성을 높일 상황이 아닙니다, 카티아 님! 저는 있는 그대로의 상황을 말씀드린 것뿐입니다. 그리고 엄밀히 말하면 패전의 책임은 에베리아 전선의 총지휘관인 예브 카리나 님께 있습니다. 어떻게 생각해도 이번 일은 감정적으로 생각해서는 안 됩니다."

"다시 한번 말해봐."

"그만."

"……."

"……."

갑작스럽게 장내가 조용해졌다.

눈앞에 있는 늙은이의 발언에 괜스레 입술을 꽉 깨물 수밖에 없었다. 기분 탓일지도 모르겠지만 저 발언에 정치적 의도가 없을 거라고 판단하기 어려웠기 때문이다.

'여우 같은 늙은이.'

언니가 군사님과 가장 많은 시간을 보내고 있었다는 건 여기에 있는 누구나가 알고 있는 이야기다. 공화국에게서 등을 돌린다는 것 자체가 어불성설. 죽었으면 죽었지 정말로 그런 행동을 할 수 있을 리가 없다.

암호로 알려온 정보가 거짓 정보라는 말부터 어처구니가 없다. 하물며 에베리아 전선 때부터 배신을 하고 있었다는 의혹을 굳이 지금 들이미는 것은 전쟁이 끝난 뒤의 상황을 염두에 둔 것이리라.

'내가 있는데도 배신이라는 말이 나오는 거야?'

조용히 군사님의 목소리가 울려 퍼진 것은 바로 그때였다.

"카티아의 말도 라이엇 님의 말씀도 옳습니다. 충분히 생각해 볼 만한 일입니다."

저도 모르게 커다란 목소리가 튀어나온 것은 당연지사.

"군사님!"

"가능성이 있는 일이라면 생각해 봐야 하는 건 당연한 일입니다. 그리고 예브 카리나의 변절 역시 충분히 염두에 두고 있습니다. 혹시 모를 상황에 고려해 따로 대비하고 있기도 하고요. 하지만 가능성 자체는 낮습니다. 제가 그녀와 함께 지낸 시간이 길기 때문이 아닙니다. 합리적으로 판단해도 그녀가 등을 돌렸을 가능성은 희박합니다."

"아……."

"그녀는 교국과의 접점이 없습니다. 공화국을 배신할 동기도 시간도 없었을 겁니다. 어째서 에베리아 전선이 그렇게 빠르게 함락되었는지 아직 알려진 바가 없지만 단언컨대 그 이유가 그녀의 변절 때문은 아닐 겁니다."

"그렇지만……."

"걱정하지 않으셔도 됩니다, 라이엇 님. 저 역시 모든 가능성은 열어두고 있으니까요."

"쓰, 쓸데없는 말씀을 드려 죄송합니다."

"아닙니다. 충분히 고려해 볼 만한 이야기였습니다."

조용히 말을 끝냈고 무조건적으로 언니를 믿는다는 이야기는 없었지만, 고개를 돌리자 어떤 확신에 가득 차 있는 군사님의 얼굴이 시야에 비쳤다.

'믿고 계신 거야.'

전에 했던 말처럼 아마 틀림없이 여러 경우의 수를 생각해 봤을 것이다. 하지만 기본적으로 군사님이 언니를 믿는다는 것에는 변함이 없다. 현재 보여주고 있는 표정이 그걸 설명해 주고 있다. 괜스레 고개를 끄덕였다.

'믿고 계셔.'

아마 언니는 틀림없이 저 믿음에 보답해 줄 것이다. 그런 생각을 하고 있었던 바로 그때였다.

"군사님, 적 병력이 움직이고 있습니다."

"어느 곳입니까."

"저, 정말로 수도로 향할 계획인 것 같습니다."

'좋아.'

"지금 곧바로 움직이겠습니다."

"네."

"편성된 병력은 바로 출발합니다. 아마 늦지 않게 시간에 맞출 수 있을 겁니다. 캐슬락 공성전 역시 정확히 두 시간 이후에 진행합니다."

"그 말씀은……."

"삼 일 안에 캐슬락을 점령합니다."

"네."

"불안해하실 필요 없습니다. 혹여나 변수가 있다고 해도 충분히 대응할 수 있습니다. 모두가 힘들고 지친 시기라는 거 이해하고 있습니다. 여러 가지 사건에 머리가 아프기도 하고 의심하시는 분들 역시 분명 계시겠지요. 하지만 괜찮습니다. 우리는 강합니다. 끌려다니지도, 쉽게 무너지지도 않을 겁니다."

"……."

"일어납시다. 싸워야 할 시간입니다."

분위기가 조금 달라졌다고 느끼는 것은 나뿐만이 아니다. 조용히 입을 여는 군사님의 표정에서 알 수 없는 신뢰가 생겨난다. 별다른 내용이 있는 말은 아니다.

하지만 저 표정과 행동은 묘하게 사람을 고양감에 휩싸이게 한다. 저도 모르게 그런 감정을 느끼게 되는 것은 아마 저 눈빛에 담겨 있는 신뢰감 때문이라고 생각했다.

'믿어주고 계신 거야.'

나뿐만이 아니라 이 자리에 있는 모든 지휘관, 그동안 함께 움직이고 동고동락했던 병력. 이건 일종의 자신감이라고 불러도 무방하다. 이런 군대를 키워온 본인에 대한 자신감이기도 하고 자신의 손으로 직접 뽑은 이들에 대한 신뢰이기도 했다.

먼저 자리에서 일어난 군사님을 따라 하나둘 몸을 움직이기 시작한다. 기왕이면 캐슬락 공성전에 함께하고 싶었지만 내 임무는 다른 곳에 있다.

"카티아."

"네, 군사님."

"혹시라도 좋지 않은 정황이 보인다면 곧바로 캐슬락으로 돌아오셔야 합니다."

"네. 알겠습니다, 군사님."

"항상 모든 가능성을 열어두고 생각하셔야 합니다. 모든 가능성을요."

"네."

"잘해내실 거라 믿습니다. 캐슬락 공략이 끝난 뒤에는 저 역시 들어갈 수 있도록 하겠습니다."

조용히 고개를 끄덕인 뒤 곧바로 발걸음을 옮긴다. 여러 생각이 들었지만 깊게 생각할 시간이 없다. 출발할 시간이 얼마 남지 않았으니까.

회의실을 나오자 이미 출발 준비를 서두르는 사람들이 보였다.

"지금 당장 움직인다. 빨리빨리 움직여! 보급 물자도 챙겨놔! 준비는 아직 멀었나?"

"……."

"해가 떨어지기 전에는 목적지에 도착해야 한다."

"출발 준비는 됐습니까?"

"네. 거, 거의 다 마무리되고 있습니다. 마지막 점검을 마치면 곧바로 출발할 수 있습니다."

고개를 끄덕이자 깃발을 들어 올리는 군대의 모습이 보였다. 발걸음을 옮겨 준비된 말에 올라타자 반대쪽 병력이 모여 있는 곳에서 커다란 함성이 들려온다. 아마 캐슬락 공성전에 진입하는 병력임이 틀림없으리라.

'가능성은 있어.'

공성전이 얼마나 걸릴지는 알 수 없지만 이미 캐슬락 자체는 한계라고 해도 부족함이 없다.

안쪽에 있는 보급품도 바닥. 성벽에 내장된 마력, 그리고 안에 있는 병사들의 체력.

많은 것을 고려해 봤을 때 오늘 안에 공략이 가능하다는 것은 결코 헛소리가 아니다.

병력을 일부 빼기는 했지만 캐슬락에 있는 전력은 충분하다 못해 넘친다. 지금까지 쌓아 올린 인프라가 그걸 증명해 준다.

교국이 됐든 공화국이 됐든 이번 전투로 어느 한쪽은 큰 피해를 입게 될 것이다. 어쩌면 종전을 바라볼 수도 있는 상황이라는 거다. 전력상으로 보면 아군이 유리하다는 것은 너무나도 자명한 일.

하지만 발걸음이 무거워지는 것은 어쩔 수 없다고 생각했다.

'이겨야 해.'

그 말 그대로.

이번 싸움은 절대로 져서는 안 되는 싸움이다. 캐슬락에서의 전투도, 수도로 진격해 오는 에베리아군을 막는 일도 절대로 져서는 안 되는 싸움이다. 많은 아군이 목숨을 잃을 것이라는 건 이미 예정된 이야기.

기분 탓인지는 모르겠지만 숲속에 펼쳐진 꿉꿉한 안개가 괜스레 더 음울하게 느껴졌다.

"출정합니다!"

"이렇게까지 할 필요가 있는 건지 궁금한데…… 만약 잘못 된다면 캐슬락은 물론이고 다완까지 위험해질 거다."

"자꾸 그렇게 불평해야겠어? 이미 엎질러진 물이야."

"내가 괜히 이런 소리를 하는 게 아니야, 위란. 캐슬락은 명백히 한계야. 카스가노 유노와 나, 그리고 박연주가 있었기 때문에 버틸 수 있었던 거다. 교국 8좌 중 세 명이 모여 유지하고 있었던 균형이었어. 이기영 그자가 뛰어난 사람이라는 건 인정하지만 이번 경우에는 도박이야. 그녀들에게는 더 이상 버틸 만한 여력이 없어. 하루, 아니, 이틀 동안 결계를 유지하지는 못할 거다. 다완 전선도 마찬가지야. 그나마 네가 있었기 때문에 그 정도밖에 밀려나지 않았……."

"그만 좀 쫑알거려. 남자가 쪽팔리게. 누군 도박이라는 걸 몰라서 이러는 것 같아? 그나마 현 상황을 뒤집을 수 있는 게 이것밖에 없으니까 따르는 거야. 어차피 다완 전선은 무너졌어. 거기에 있었던 내가 제일 잘 알아. 병력을 투자하는 것도 헛짓거리처럼 느껴졌던 타이밍이었다고……. 개자식들……."

"하지만."

"하지만은 또 무슨 하지만이야. 당신이 이렇게 쫑알거릴 때마다 당신이랑 손잡은 게 후회된다니까.”

“이하동문이다.”

“솔직히 당신도 이기영 명예추기경의 능력을 의심하고 있는 건 아니잖아?”

“…….”

“성과가 말해주고 있으니까. 실제로 이기영 명예추기경이 원하는 대로 판이 움직이고 있고, 당신을 캐슬락에서 빼내온 것도 그렇고. 우리가 이렇게 현재 라이오스에 진입해 있다는 것도 그래. 폭주한 여왕님을 조용히 시킨 것도 그자가 준 페로몬 어쩌고 포션 덕분이었고. 같은 교국 8좌라고는 해도 꽁지 빠지게 도망치면서 버티기만 했던 우리보다는 생각하고 움직이는 저쪽이 100배는 낫다니까? 무엇보다.”

“…….”

“공화국의 병력과 함께 움직이게 될 줄은 누가 알았겠어? 이런 거 상상해 본 적 있어?”

“그래서 불안하다는 거야.”

“글쎄. 나야 어떻게 된 건지는 모르겠지만 공화국 쪽의 사제들은 이기영 명예추기경 쪽에 충성하는 것처럼 보이는데? 상대가 악마 소환사라고 하니 사제들 입장에서도 치를 떨 만하지.”

“그런가.”

“너무 많은 걱정은 하지 않아도 돼. 우리는 주어진 일만 하면 되니까. 마력은 충분하지?"

"물론."

"그건 다행이네. 혹시나 캐슬락에서 다 빨리고 왔을까 봐 걱정했는데. 최후의 저항을 펼칠 힘은 남겨 놨나 봐? 여전하다니까."

"칭찬으로 듣지."

조용히 고개를 끄덕일 수밖에 없었다. 위란의 말이 맞다.

궁지에 몰린 상황에 활로를 찾은 것은 같은 교국 8좌인 이기영 명예추기경. 그가 나타나 주지 않았다면 제대로 된 전쟁을 펼칠 수 없었으리라.

'유능한 자식.'

절대로 적으로 돌리기 싫은 종류의 사람. 처음 봤을 때부터 그런 느낌이 들기는 했지만 그자에 대해 알면 알수록 그런 생각이 들었다.

그자의 인격 때문이라기보다는 그 치밀함과 대담함 때문이다. 에베리아 전선을 하루 만에 끌어들인 것으로 모자라 공화국의 사제들을 아군으로 만든 수완은 당황스러울 정도였으니. 이 전쟁의 전황을 이렇게 바꾸어버린 것이 고작 말 몇 마디라는 게 믿기지 않을 정도였다.

'차희라 님이 목을 맬 만해.'

용병여왕이 이곳에 갓 들어온 신입과 함께 다니기 시작했다는 소문을 들었을 때는 당연히 헛소문으로 취급했다. 단순히 새로운 장난감을 발견한 것은 아닌가 싶었을 뿐.

자연스럽게 그 기억은 잊었고 시간이 얼마 지난 이후에는 용병여왕의 정부에 대해서는 완전히 까맣게 잊고 있었다. 그 이후 시간이 얼마 지나지 않은 시점에 교국 8좌에 나란히 이름을 올리기 전까지 말이다.

'보통 수완이 아니야.'

용의 선택을 받았다는 것. 뛰어난 연금술사라는 것. 이외에는 모든 것이 평범하다. 차라리 함께 있었던 마법사가 같은 교국 8좌였다면 신빙성 있게 느껴졌으리라.

본신의 무력은 최약. 주변에 강한 동료와 함께하고 있지만 어떻게 생각해도 무력을 가지고 있는 쪽과는 거리가 멀었다. 교황청과 황제 측의 입김이 들어갔다고 생각해서 당연히 그 결정에는 의문을 품었고 실제로도 반발했다.

하지만 뚜껑을 열어본 이후에는 입을 크게 벌리고 말았다. 그가 올린 성과나 업적은 말로 다 할 수 없을 정도. 이루어낸 일은 전부 나열할 수조차 없다.

순식간에 제국을 교국으로 만들었고 교국의 명예추기경의 자리에 올랐다.

그동안 반쯤은 겉돌고 있었던 이방인들을 교국이라는 공동체 안으로 받아들였고 실제로도 일부 이방인을 위한 정책을 내밀었다. 말하자면 그것은 기득권을 위한 정치와 법. 어떻게 생각해도 자기 자신만을 위한 법이었다.

그자에 대한 불안감이 싹튼 것은 바로 그즈음이다. 적대한다거나 싫어하게 됐다는 의미가 아니다. 말 그대로 싹튼 것은 일말의 불안이다. 그자가 뛰어난 사람이라는 걸 느끼게 된 것이다.

'이자는 신의 사도 같은 게 아니야.'

교국에서 선전하고 있는 것처럼 선하거나 신성한 사람은 아니다. 오히려 그 반대에 가깝다.

철저하게 자신의 이득을 위해 움직이고 자신 주변에 있는 것들을 위해 움직인다. 주변 상황을 모두 이용하고 살아남기 위해서라면 수단과 방법을 가리지 않는다.

내가 평가한 이기영 명예추기경은 악이라면 악. 물론 반신반의하기는 했지만 캐슬락을 빠져나온 이후에는 더욱더 확신할 수 있었다.

사람 하나 정도가 드나들 수 있을 정도의 작은 출구. 지금은 완벽히 무너져 내린 블랙마켓을 드나들 수 있는 유일한 출입구. 관계자가 아니고서야 알 수 없는 비밀 통로다.

내가 캐슬락을 빠져나올 수 있었던 이유. 다시 한번 생각해도 웃음이 튀어나올 만한 상황이다.

그가 이런 비밀 출입구를 알고 있었다는 건 모두의 추앙을 받는 교국의 명예추기경이라는 자가 블랙마켓의 주인이라는 것과 진배없었으니까.

눈앞에 공화국으로 가는 숲이 보인다. 천천히 발걸음을 옮기자 괜스레 익숙한 얼굴이 눈에 들어왔다.

"에베리아 전선의 지휘관이군. 우리 한 번 마주친 적이 있나? 아, 그러고 보니 명예추기경에게 들은 적이 있지. 예브 카리나라고 했던가? 그게 당신이었나 보군."

"당신은……."

"……."

"……."

"날 알고 있는 건가?"

"이…… 이제 알겠군요. 그자의 생각이 뭔지. 이제 알겠어요. 어, 어떻게 당신이 이 자리에 있는 겁니까. 당신은 지금 캐슬락에 있어야 하는 게…… 캐슬락에 있어야……."

"그전에 나를 알고 있냐고 묻지 않았나?"

"제길! 개, 개자식…… 이 개자식! 분명 포로들은 손대지 않는다고!"

"다시 한번 묻겠다. 나를 알고 있는지 물어보지 않았나?"

"교국 8좌…… 안개 소환사 천관위."

"정답이야."

"무슨 짓을. 무슨 짓을 하려는 겁니까."

"글쎄, 나는 명령에 따를 뿐이라……. 이런 짓을 하는 게 별로 기분 좋지는 않지만. 어쩔 수 없다는 것만 알아줬으면 좋겠군. 이건 전쟁이니까."

"당신……."

"어떻게 이런 생각을 할 수 있는 건지…… 그 자식도 정말 미친놈이라니까. 아, 이기영 명예추기경이 전해주라고 하더군. 먼저 약속을 어긴 건 그쪽이라고. 사실은 아무것도 상관이 없었겠지만 말이야. 그냥 개한테 물렸다고 생각해. 내가 생각해도 이건 어쩔 수 없는 일이니까."

"안개가 심하군요."

"조금 쉬었다 가는 게 어떻습니까, 카티아 님. 본래 이 부근은 새벽에 안개가 심한 터라, 혹시나 적들이 매복해 있을 가능성이 있습니다. 이렇게까지 한 치 앞을 볼 수 없는 상황이라면 더욱더 그럴 겁니다. 더군다나 병사들 역시 굉장히 지쳐 있는 상황이니……."

"아니요. 계속 행군하도록 하겠습니다. 다만 속도를 조금 늦춰서 움직이도록 하겠습니다. 안 그래도 계속 늦어지고 있는 상황입니다. 에베리아군이 어느 쪽으로 움직였는지는 확인되었습니까?"

"정찰 부대가 확인하고 있습니다만 아직까지 오리무중입니다. 규모가 큰 병력이 라이오스를 지났다는 보고는 들어왔지만 안개가 들어선 이후에는……"

"공화국 쪽으로 향하고 있기는 한 거군요."

"네. 그렇습니다."

"혹시 캐슬락 쪽에서는……"

"아직 아무런 서신도 받지 못했습니다."

"좋은 소식이 오기를 기다려야겠군요. 타 부대 쪽은 어떻습니까."

"마찬가지입니다. 현재 적의 군세와 정확한 위치가 파악되지 않아 일단 퇴로와 보급로를 끊고 있는 상황에 있습니다. 추가로 용이 목격됐다는 정보 역시 들어오고 있습니다."

"드래곤……"

괜스레 허리춤에 달려 있는 검을 매만지게 되었다.

'너무 조용해.'

전체적인 상황은 이쪽이 원하는 대로 잘 설계되고 있는 것처럼 느껴졌다. 범위가 넓기는 했지만 안쪽으로 들어온 적 병력을 포위한 상황이었고 실제로 압박감을 느끼고 있는 것처럼 보였으니까.

보급로를 끊은 것은 물론, 증원군 역시 들어올 구멍이 없다.

동부 전선 전체에서 조금씩 차출한 병력이 전 방위에서 적을 조이며 주변을 견제하고 있으니 숨을 쉴 수 있을 리 만무하다. 이곳에 들어온 적이 할 수 있는 일은 전진뿐이다.

'퇴로가 막혀 있으니까.'

안개 때문이 아니다. 그러나 너무 조용해 적막만이 감돌고 있는 이 숲은 이상한 불안감을 느끼게 하기에 충분했다.

병력이 이 근처를 배회하고 있다는 사실은 충분히 납득할 수 있었다. 아니, 자신들을 추격하고 있는 병력을 최대한 떨쳐 내기 위함인 것이 분명하다. 흔적도 잘 남지 않고 안개가 끼어 있는 이곳은 저들이 숨어 있기에 최고의 장소다.

하지만 그뿐이다. 조여 오는 포위망을 뚫을 수 없다는 걸 생각해 보면 단지 시간 끌기밖에 되지 못한다.

혹시 게릴라전을 펼칠 가능성도 염두에 두었지만 전투를 하려는 움직임이나 정찰하려는 흔적조차 찾을 수 없었다.

'이상해.'

적이 가지고 있는 패를 생각해 보면 이렇게 움직인다는 것 자체가 어불성설.

"잠깐 멈추겠습니다."

순간 안 좋은 생각이 머리를 스쳐 지나가기는 했지만……

'아냐. 적은 이곳에 있어.'

결코 적지 않은 규모의 흔적이 발견되고 있다는 정보는 계속해서 들어오고 있다.

"뭔가 걸리는 게 있으십니까?"

"가장 가까운 아군은 어디에 있습니까?"

"근처에 춘위 님이 이끌고 계시는 병력이 있는 것으로 확인됩니다. 서남쪽에서 내려오고 계시는 것으로 알고 있습니다만……."

"아무래도 합류하는 게 좋을 것 같습니다. 아니, 이곳에서 그들을 기다리는 게 좋겠군요. 캠프를 차리도록 하겠습니다. 병사들을 쉬게 해주세요. 딱 다섯 시간입니다."

"예. 그렇게 전하도록 하겠습니다."

"주변으로 정찰 부대를 보내주세요. 혹시나 뭔가 이상한 징후나 다른 흔적이 보이면 곧장 보고하도록 합니다."

"역시 마음에 걸리시는 게……."

"네. 없지는 않습니다. 기분 탓인지는 모르겠지만 마력의 농도가 조금 높은 것 같습니다. 본래 이 지역은 이렇게 안개가 많이 끼어 있는 겁니까?"

"예. 그렇습니다. 오늘처럼 심한 날은 많이 없지만 보통 이 정도라고 생각하시면 될 겁니다."

'이상해.'

단순히 기분 탓이 아니다. 자꾸만 온몸을 간질이는 느낌.

숨을 한 번 크게 들이마시자 어딘지 모르게 텁텁한 공기가 들어온다. 갑작스레 머리가 핑 하고 돌 정도. 이유 없는 불쾌함이 몰려든다. 축축한 땅바닥이나 공기 때문이 아니다.

주변을 둘러보니 다른 이들 역시 비슷한 상황이다. 단순히 긴장감 때문이라고 생각했었지만 몸은 계속해서 불쾌하다는 신호를 보내오고 있었다.

'제길.'

"짜증 나."

저도 모르게 튀어나온 목소리. 입 밖으로 내뱉고 난 이후에 내가 더 놀랐다.

뒤에서 소란스러운 소리가 들려온 것은 바로 그때. 하지만 딱히 관심을 두지는 않았다. 이제는 저런 소란이 익숙했기 때문이다.

"무슨 일입니까?"

"몬스터가 나타난 것 같습니다."

"벌써 8번째인가요?"

"예."

"이 지역 몬스터들은 비교적 온순한 것으로 알고 있는데……. 처리는, 아니, 제가 직접 둘러보고 오겠습니다."

"그러실 필요 없습니다."

"아니요. 눈으로 직접 확인해 보고 싶습니다."

곧바로 몸을 옮겼다. 시간이 얼마 지나지 않아 후방 대열에 이르니 몬스터를 둘러싸고 있는 이들이 시야에 비쳤다.

물론 그것보다 눈에 띄는 것은 커다란 덩치를 가지고 있는 중형 몬스터. 눈이 붉게 충혈되어 있는 모습은 왠지 모르게 굉장히 흥분한 것처럼 보였다.

녀석이 계속해서 괴성을 내지르며 저항하고 있었지만 많은 숫자의 인간에 대항할 수 있을 리 만무. 평범한 인간도 아니라 정예병이다. 영웅 등급 정도의 몬스터가 버틴다는 것이 어불성설.

막 검을 꺼내 들려고 했던 바로 그때였다.

"나설 필요 없습니다. 제가 직접 정리하겠습니다."

옆에서 들려온 목소리에 고개를 돌렸다. 시야에 비치는 것은 부관의 얼굴이었다.

왠지 모르게 붉게 충혈된 눈이 시야에 들어왔다. 그들뿐만이 아니다. 모두 조금씩 눈에 핏발이 서 있다.

'뭔가 잘못됐어.'

뭔가 잘못됐다. 지금까지는 제대로 인지하지 못했지만 주변을 둘러보자 자꾸만 이상한 점들이 눈에 밟힌다.

순식간에 몸이 잘려 나뒹굴고 있는 몬스터의 비명을 뒤로한 채 입을 열었다.

"부관."

"네."

"잡은 몬스터를 조사하도록 하세요. 이후 혹시나 다른 몬스터들이 보인다면 곧바로 생포합니다. 어떤 마법이나 저주에 영향을 받고 있는지에 대해 꼭 조사해 주셔야 합니다. 신체나 정신에 문제가 생긴 병사가 있는지도 확인해 주시고요. 현재 저희가 먹고 마시는 식수와 보급품도 모두 체크합니다."

"마법이나 저주의 흔적은 없습니다. 식수와 보급품 역시 모두 정상입니다만……."

"연금. 연금 지식을 가지고 있는 마법사가 부대에 포함되어 있습니까? 누구라도 상관없습니다. 최대한 빠르게 몬스터를 분석해 주세요. 최대한 빠르게요."

"네. 그렇게 전할 수 있도록 하겠습니다."

'뭔가 이상해.'

미묘한 신체의 변화. 물론 아직까지는 크게 영향을 받지 않았지만 결코 웃어넘길 수 있는 종류는 아니다.

이기영 명예추기경이 연금술에 조예가 깊다는 것을 깨달은 순간 알 수 없는 불안감은 증폭되기 시작했다. 혹시나 이게 함정일 수도 있다는 생각이 들었기 때문이다.

적 병력이 만약 본대에서 빠져나온 분대들을 노리고 함정을 팠다고 가정한다면 충분히 있을 수 있는 일이다. 하지만 그렇게 생각하기에도 석연치 않은 구석이 많다.

'분대를 잡아먹기 위해서 캐슬락을 버린다고?'

어떻게 생각해도 수지가 맞지 않은 교환. 현재 적들은 발등에 불이 떨어진 상태라고 해도 무방하다. 캐슬락 공성전은 이미 한참 전에 시작되었고 공성전이 끝난 이후에는 본대가 수도로 향할 것이라는 걸 이미 알고 있을 것이다.

말하자면 이건 시간 싸움이다. 동등한 교환이 되려면 적어도 공화국 내부에 타격을 주어야 수지가 맞다. 떨어져 나온 병력을 상대로 시간을 끄는 행위는 적이 아니라 우리가 해야 하는 작업. 시간이 끌릴수록 불리하다는 걸 그 누구보다 그들이 잘 알고 있을 것이다.

현재 이 숲 안에 들어와 있는 적의 행동은 마치 숲속에 남아 있는 걸 바라는 것처럼 보인다. 자신들이 공화국 병력의 발을 묶으려는 듯한 동선.

적은 힌트를 조금씩 결합시키자 커다란 하나의 그림이 만들어지는 것을 느낄 수 있었다.

'미끼 병력이라고 하기에는 숫자가 많아.'

꽤나 커다란 규모. 조금 과장해서 말한다면 본대에 가져다 박을 수 있는 종류의 규모다. 인선이 화려하다는 걸 생각해 보면 더욱더 그렇다.

아직까지 정확한 숫자가 파악되지는 않았지만 공성전에도 쓰일 수 있는 이 병력을 단순히 몇몇 분대의 발을 묶기 위해 사용한다는 건 결코 수지에 맞는 장사가 아니다.

'의도가 도대체 뭐지. 도대체⋯⋯.'

"저⋯⋯ 카티아 님."

"네."

막 입을 열어오려는 마법사의 이마에 구멍이 뚫린 것은 바로 그때였다.

"저⋯⋯."

"⋯⋯."

"전투 준비!"

"전투 준비!!"

퓨슉 하는 소리와 함께 이마에 화살이 박혔다.

그가 땅에 떨어지기도 전에 커다란 목소리가 사방에서 울려 퍼진다.

"전투 준비! 전투 준비!!!"

"화살은 어디서 날아왔습니까."

"동북쪽입니다. 동북쪽입니다!"

"바로 전투를 준비합니다. 진영을 세우고 별동대를 꾸려 적 병력의 정확한 위치를 확인합니다."

"네."

앗 하는 사이에 다시 한번 화살들이 날아와 아군 병사에게 꽂힌다.

"제길, 어째서? ⋯⋯빨리 움직입니다. 일단은 병력을 뒤로 물리겠습니다. 반대쪽으로 갑니다. 길을 잃는 병력이 생기지 않게 최대한 전파합니다. 계속해서 움직입니다. 최대한 빠르게!"

"후퇴! 후퇴!"

"실드 마법 캐스팅하도록 합니다. 이후에 있을 2차 공격에 대응⋯⋯."

"아아아아악!"

"으아아아아아아악!"

"주, 죽어! 이 더러운 악마의 하수인들!"

"개자식들이!"

"정화시켜 주마! 더러운 악마 놈들! 더러운 악마 자식들!"

'제기랄.'

옆쪽에서 터져 나온 비명. 적이 어디서 왔는지 확인할 수 없지만 점점 더 진형이 무너지고 있는 게 느껴졌다.

'안 좋아.'

한 치 앞을 볼 수 없는 안개 속에서 적 병력과 섞이는 걸 바라는 지휘관은 없을 것이다. 숫자의 우위가 있다고 해도 그딴 걸 바라는 군사는 존재하지 않는다.

"대열을 유지합니다! 대열을 유지! 빨려 들어가지 않고 대열을 유지합니다. 방패로 밀집하고 대열을 만들어! 흐트러지지 않습니다!"

"모여!"

"빨리 모여!"

"아아아아아악!"

옆에서 들려온 비명에 자연스럽게 땅을 박차고 달려나갔다. 곧장 검을 꺼내 들자 바로 옆에서 하얀 안개를 뚫고 튀어나온 한 남자의 얼굴이 시야에 비쳤다.

핏발이 선 눈, 입에서는 침이 질질 흘렀다. 기괴하게 일그러진 얼굴은 공포 영화에서나 나올 것 같은 외관이다.

단검을 들고 무작정 달려드는 모습은 원초적인 공포를 불러일으킨다.

"더러운 악마 놈들! 히, 히이이익! 죽어! 죽어!"

"뭐?"

"네놈들을 크푸히히! 내버려 둘 것 같아!? 이 더러운 놈들! 시, 신이 네놈들을 용서하지 않을 것이다!"

"미, 미쳤⋯⋯."

"죽어어어어어어어어!!"

"개자식!"

검을 휘두르는 것이 당연. 너무나도 쉽게 머리와 목이 분리된 채로 쓰러진 인형의 모습이 눈에 들어왔다.

"뭐, 뭐야, 이게⋯⋯ 뭐야⋯⋯."

사방팔방에서 들려오는 소리에 정신을 차릴 수가 없었다. 계속해서 들려오는 잡음과 비명이 유난히 더 크게 들려온다.

"이게…… 뭐야."

하지만 그보다 더 눈에 띄는 것은 목과 몸통이 분리된 인형의 외관.

"바리안의 신도……"

틀림없이 공화국의 사제들이 입고 다녔던 의복이었다.

'이게 도대체 어떻게 된 일이지.'

순간적으로 깜짝 놀란 것은 당연지사. 어째서 공화국의 사제가 게거품을 문 채 달려드는지 이해할 수 없었던 탓이다.

혹시나 하는 마음에 주변을 둘러봤지만 뿌연 안개 덕에 시야가 잡히지 않는다. 눈에 마력을 한계까지 집어넣어도 달라지는 게 없다. 의아한 일투성이다. 한계까지 마력을 끌어올렸지만 그럼에도 흐릿한 시야는 돌아오지 않았다.

"함정! 함정이다! 최대한 밀집해!"

"아아아아아악!"

"밀집해서 대응한다! 떨어지지 마!"

'어디로?'

커다란 목소리가 들려왔지만 어디로 밀집해야 하는지 알 수 없다. 사방팔방이 전부 안개에 휩싸여 있었으니까. 아군과 적군이 섞이고 있다는 것만 간신히 인지할 수 있는 상태.

현재 병력을 둘러싼 안개가 평소와 조금 다른 것 같다는 걸 깨달았다. 마치 몸을 짓누르는, 기분 나쁜 느낌은 지금까지와는 명백히 달랐다.

'마력의 농도가 높아.'

그 말대로. 지금까지는 그 어떤 마력의 흔적도 느낄 수 없었지만 현재 주변을 둘러싸고 있는 안개는 어떻게 봐도 인위적으로 만들어진 듯했다. 마치 던전 안에 들어온 듯한 기분이었다는 건 굳이 설명할 필요도 없으리라.

'마법. 마법인가.'

떠오르는 사람은 있다. 하지만 그자는 이곳에 있어서는 안 되는 사람이다.

캐슬락에서 수성전을 하고 있어야 할 안개 소환사가 이곳에 있다는 것 자체가 말도 안 되는 일. 안 그래도 사방에서 압박을 받고 있는 캐슬락에서 중요 네임드를 빼낸다는 것은 어떻게 봐도 무리한 일이다.

아니, 애초에 어떻게 나올 수 있었는지에 대해서도 이해할 수 없다. 분명히 캐슬락은 아군 병력에 둘러싸여 있었고 개미 새끼 한 마리 빠져나올 수 없도록 단단히 틀어막고 있었으니까. 그를 비롯한 일부 병력이 캐슬락을 빠져나갔다면 틀림없이 아군의 레이더망에 잡혔어야 했다.

괜스레 호흡이 가빠지고 머릿속이 붉어지는 느낌이다. 냉정하게 판단해야 한다고 되뇌고는 있지만 정상적인 판단을 내리기가 힘들다.

사실 길게 생각할 필요도 없다. 현시점에서 가장 중요한 건 지금 이 상황을 타개하는 것. 그렇지만 이미 복잡해진 머릿속은 다른 종류의 생각을 허락하지 않았다.

"이 더러운 악마! 히히히히힉! 더러운 악마아아아!!!"

무차별적으로 무기를 휘두르는 저들은 어떻게 생각해도 제정신이라 보기 힘들었다.

한 발 뒤로 물러선 다음 검을 휘두르자 피가 튀어 얼굴을 적신다. 내장이 쏟아지고 비명이 계속해서 귀에 들어와 꽂힌다.

"아아아아악!"

한쪽 팔이 완전히 날아갔음에도 거품을 물고 달려오는 모습은 마치 광인이나 좀비를 연상케 했다. 입술을 꽉 깨물며 다시금 목을 날리자 그제야 축 늘어진다.

바로 옆에서 달려 들어온 이 역시 상태는 마찬가지. 다시 한 번 검을 휘두르자 단말마의 비명과 함께 허물어지는 인형이 시야에 들어왔다.

앗 하는 사이에 뒤쪽에서 안개를 뚫고 나온 적군 한 명. 막 검을 들어 목을 날리려던 찰나 들려온 목소리에 황급히 검을 거둘 수밖에 없었다.

"접니다! 접니다, 카티아 님!"

"미…… 미시카!"

"여기에 계셨군요."

"다른 이들은, 아니, 그전에 현재 정황이 어떤지 파악할 수 있습니까?"

"죄, 죄송합니다. 사실 제대로 파악할 수 없습니다. 저도 어쩌다가 이곳에 닿은 터라. 그, 그보다 일단은 입과 코를 가릴 수 있는 뭔가를 준비하시는 게 좋을 것 같습니다. 혹시나 눈치채셨을지 모르겠지만……."

"안개에 대해서 말씀하시는 겁니까?"

"네. 아마 천관위일 겁니다. 이 정도나 되는 지역 전체에 안개를 뿌릴 수 있는 이는 그밖에 없을 테니까요. 어떻게 그가 캐슬락을 빠져나왔는지는 알 수 없지만 이건 틀림없이 그의 작품입니다. 아마 기존에 깔려 있는 안개에 촉매를 이용해 자신의 마력을 덮은 것 같습니다만 이전과는 다르게 마력의 농도가 무척이나 노골적입니다. 뿐만이 아닙니다."

"알아낸 사실이 더 있습니까?"

"확실하지는 않습니다."

"진위는 상관없습니다. 말씀해 주세요."

"네…… 다, 단순한 추측일 뿐이지만 아마 이 안개 마법이나 특이한 종류의 약물이 포함되어 있는 것 같습니다. 혹은 저주일 수도 있고요. 저도 자세히 알 수 없습니다만…… 사제의 정화 마법이 통하지 않는 것을 보면 다른 수단이 사용됐을 가능성이 큽니다."

"지옥에 떨어져라!! 히히히히힉!"

"조심!"

"가, 감사합니다. 카티아 님."

"계속 말씀하세요. 길은 제가 뚫겠습니다."

"네, 네."

"다른 수단이라는 건 어떤 걸 말씀하시는 겁니까?"

"개인적으로는 연금술로 이루어진 물약의 한 종류라고 생각합니다. 정확히 어떤 효과가 있는지는 파악하지 못했지만 아마 흥분제나 각성제, 일부 환각 증상을 유도하는 종류일 겁니다. 한 가지 확실한 것은 이 안개에 노출되면 노출될수록 더 큰 영향을 받게 된다는 겁니다. 앞서 부대를 습격했던 몬스터 역시 아마 이 안개에 영향을 받았을 확률이 큽니다. 물론 말씀드렸다시피 전부 제 개인적인 추측에 불과합니다. 마법이나 사제의 정화 주문이 듣지 않는다면 그 정도밖에는 생각해 볼 수 있는 게 없으니……. 큰 도움이 되지 못해 죄송합니다."

"아닙니다. 충분히 도움이 됐습니다. 네. 충분히요. 아마 미시카의 추측에서 크게 벗어나지 않았을 겁니다. 저 역시 조금씩이지만 신체가 신호를 보내고 있다고 생각했었으니까요. 이건 정신 마법과는 조금 다른 종류입니다. 만약 그런 마법이었다면 지금까지 효과가 지속되지는 않았겠죠. 아마 저항력이 낮으면 낮을수록 빠르게 효과를 받을 겁니다. 그리고 효력이 유지되는 시간 역시 마찬가지겠죠."

"네. 맞습니다. 보유 마력이나 체력이 낮으면 낮을수록 더욱 더 치명적인 것으로 판단합니다. 아마 이기영 그자가 만든 물약을 천관위가 안개로 만들었을 확률 역시……."

"그렇게도 생각할 수 있겠군요."

"제가 추측할 수 있는 건 여기까지가 전부입니다. 카, 카티아 님. 혹시 지금부터는 어떻게 하실지……."

"일단은 병력을 재정비합니다. 마법사들을 찾고 수단과 방법을 가리지 않고 안개를 몰아냅니다. 그게 첫 번째입니다. 다른 타개책은 없습니다."

"예."

"조금 더 빠르게 움직이겠습니다. 미시카, 딱 달라붙어서 따라오세요."

"네!"

사실 큰 성과라고는 볼 수 없다. 하지만 최소한 일이 어떻게 터지고 어떤 상황으로 흘러가고 있는지에 의의가 있다.

문제는 그다음. 이 어처구니없는 상황을 어떻게 타개하느냐가 가장 큰 문제다.

"죽어! 죽어! 죽어라! 바리안 신이 네놈들을 용서하지 않을 것이다!"

"이, 이거 놔!"

"개자식들! 개자식들! 죽어! 이 미치광이 새끼들!"

"죽는 건 네놈들이 될 것이다. 저주받을 악마의 자식들아!"

안개를 헤치고 나가면 나갈수록 보이는 모습은 가관이었다. 무기를 든 이들이 병사 하나를 둘러싸고 계속해서 찍어 내리고 있었고, 어느 한쪽에서는 손으로 얼굴을 뭉개버리는 광경도 눈에 들어왔다.

움직이고 싶다. 당연히 움직여 저들을 구하고 싶었지만 어느 쪽이 아군이고 어느 쪽이 적군인지 구분할 수 없는 것이 문제.

바리안의 사제복을 입고 있는 이들뿐만이 아니다. 공화국의 군복을 걸치고 있는 이들부터 휘장을 달고 있는 이들까지. 심지어는 민간인으로 보이는 이들까지 섞여 있다.

이미 적군과 아군을 구분하는 것은 무의미하다. 시간이 지나면 지날수록 점점 더 상황이 가속화되고 있다는 것은 굳이 말할 필요도 없으리라.

"죽어어어어!"

"아군이다! 아군이야! 휘두르지 마!"

"죽어! 꺼져! 가까이 오지 마! 아무도. 아무도 가까이 오지 마! 개자식들!"

"이 미친 자식!"

"가까이 오지 말라고!"

"뭉쳐! 뭉쳐!"

"밀집 대형으로! 밀집 대형으로 방어한다! 밀집 대형으로!"

"가까이 오지 마! 이 미친 자식들아! 아아아아악!"

"신이 네놈들을 벌할 것이다!"

"더러운 악마 새끼들이! 저리 사라져라! 죽어!! 베니고어 여신과 바리안 신이 함께하실 것이다. 이 천벌을 받은 놈들!"

"죽여! 전부 죽여!"

"아군이다. 휘두르지. 아아아악!"

"아군이다! 아군이야! 게브! 나야! 나!"

"아아아아아악!"

'제기랄……:'

"제길……:"

'제기랄!'

"카티아 님."

"꽉 붙으세요. 아마 후위 병력은 마법사를 중심으로 대형을 유지하고 있을 겁니다."

"예…… 예."

지옥이라는 말보다 이 광경을 더 잘 설명해 주는 단어는 없을 것이다.

피가 튀고 끈적끈적한 바닥에서는 자꾸만 역한 냄새가 올라온다. 몸이 점점 축축해지고 머리카락은 땀에 젖는다. 비명과 고함이 귀를 찌르고 살려달라는 목소리와 흥분한 목소리들이 머릿속에 자꾸만 울려 퍼진다.

숨을 들이마실수록 점점 더 어지러워진다. 아마 나 역시 눈이 붉어졌을 터. 약의 효과를 받고 있다는 걸 인지하게 될 정도였다.

물론 영향을 받은 것은 나뿐만이 아니다. 잔뜩 흥분한 아군 병력은 이미 이쪽을 덮친 적군 병력과 구분할 수 없게 되었다. 시야가 닿지 않는 곳에서 자리한 이들은 모두 적으로 비치고 있으리라.

겁에 질려 계속해서 검을 휘두르다 아군을 베는 이들이나 이미 적에게 둘러싸여 처참하게 난도질당하고 있는 이들, 시간이 지날수록 광기가 안개 안을 잠식한다.

비명과 정신 나간 웃음소리만 들리는 이곳은 이미 전장이라고 할 수조차 없다.

'뭐와 싸우고 있는 거지. 도대체……'

"죽어!!!"

"살려, 살려줘…… 살려!! 나는 아니, 나는 아니야! 커허어어억."

"네깟 놈들이 공화국을 넘보게 할 것 같……."

"이러지 마. 가까이 오지 마! 내가 잘못했어. 내가 전부 잘못했으니까 가까이 오지 마. 제발 이러지 마. 내가……."

"살려주세요, 제발. 엄마……."

"죽여! 죽……. 히이이이익!"

"죽어어어어어어어어어어어어!!!"

'살려줘.'

"……."

'살려줘. 카티아…… 도와줘. 나를…… 구해줘.'

"언니……."

안개 때문이 아니다. 점점 더 시야가 이상하게 변하는 느낌. 환청이 들려오고 환각이 보인다. 검을 계속해서 휘두르자 피를 토하며 쓰러지는 이들의 얼굴이 악마처럼 일그러진다.

'환각이고 환청이야.'

모든 게 환각이고 환청이다. 그걸 모르고 있는 것이 아닌데도 점점 더 정신이 마모된다. 마치 마법, 아니, 마치 저주처럼 느껴질 정도.

"미시카…… 제대로 따라오고 있습니까."

살짝 뒤를 돌아봤지만 안경을 쓴 사내는 시야에서 사라진 뒤다. 입술을 꽉 깨물어 봤지만 달라지는 것은 없다. 이런 상태에서 그를 찾는 것은 불가능하다.

"카티아 님!"

옆에서 들려오는 목소리에 고개를 돌린 순간 시야에 비친 것은 커다란 덩치의 괴물.

"지, 지금······."

"죽어······."

"네?"

"죽어······ 죽어버려! 이 괴물 새끼!"

"그게 무슨······ 커헉."

괴물의 목이 떨어지는 것은 순식간. 하지만 눈을 똑바로 뜨자 이름 모를 병사의 머리가 땅바닥에 나뒹굴고 있었다.

점점 더 숨을 쉬기가 어려워지고 알 수 없는 공포감에 점점 표정이 일그러진다. 사방이 붉게 변해 빙글빙글 돌아가고 있는 느낌.

이해할 수 없는 상황에 자꾸만 눈에서는 눈물이 차오른다. 입술을 꽉 깨물었지만 생전 처음 느껴보는 이해할 수 없는 상황은 자꾸만 정신을 궁지로 몰아넣고 있었다.

'구해줘······ 카티아.'

"너희는 정화되어야 한다! 정화되어야 해."

'카티아.'

"구원을 내릴 것이다. 빛의 구원을! 빛의 군대가 너희를 몰아낼 것이다."

'살려줘, 카티아!'

"빛의 구원을!"

"닥쳐! 닥쳐!! 닥쳐어어어어!!!"

-이렇게 하는 게 맞는 건지 모르겠군. 이런 장치를 쓰는 건 처음이라. 아무튼 보고하도록 하지. 상황은 거의 마무리 되고 있다. 적 본대는 혼란에 빠졌고 주요인물에 대한 생포에 대한 부분은…… 음. 가능하다고 확답을 내릴 수는 없는 상황이지만 일단은 최대한 신경 써보도록 하지. 준비가 되는 대로 곧바로 이들을 캐슬락으로 보낼 예정이다. 시간에 맞출 수 있을지는 모르겠지만 그건 이쪽이 아니라 그쪽에서 신경 써야 하는 부분일 테고. 그쪽에서의 전투는 시간이 오래 걸릴 테니 아마 문제없을 거다.

"괜찮게 진행되고 있는 것 같은데요? 기왕이면 자료화면 같은 것도 준비해 주면 좋을 텐데. 이 사람도 참 융통성 없다니까. 자기 할 말만 하고 끝이야."

-혹시 궁금해할 것 같아. 전체적인 상황을 보내도록 하지.

"아, 보내려나 보네요."

-빛의 구원을 받을 것이다! 누가 감히! 누가 감히! 악마 소리를 내었는가!

-커허어어······. 아아아아악!

-우웨에에에엑······.

-그 입 다물어라! 이 더러운 교국의 앞잡이들아!

-아군이다! 공격하지 마! 아군이야! 멈춰! 아아아아악!

-더러운 악마의 하수인들! 저주받을 악마들아! 바리안 님이 네놈들을 용서하지 않으실 것이다! 불지옥에 떨어져 죽어서도 영원히 고통받으리라!

-미친 사이비교도 새끼가! 죽어! 죽어어!!

-신의 사도는······ 죽지······. 나는······ 죽어서도 싸울······.

"······."

"······."

"생각보다 끔찍하네요."

"그러게."

-내가 보고할 내용은 이걸로 끝이다. 네 말대로 이건 보낸 이후에 곧바로 폐기할 예정이고. 아, 추가로 여기 아가씨가 할

말이 있다고 하더군. 본래는 안 된다고 했지만 나보다는 네가 그녀에 대해 더 잘 알고 있을 테니 이 정도는 이해해 줬으면 좋겠군.

-오, 오빠. 자, 잘 지내시죠? 저…… 저는 잘 지내고 있어요. 소라 씨도 마, 마찬가지고요. 벌써 얼굴을 못 본 지 이틀이나 지났네요. 이…… 이틀이나요. 보, 보고 싶어요. 히끅. 너무 보고 싶어요. 잘 지내는지도 너무 걱정되고……. 몸은, 몸은 괜찮으신 거죠? 매 끼니 꼬박꼬박 챙겨 드시고 치료도 매일매일 받으셔야 해요. 꼭이요! 최대한 빨리 마무리하고 돌아갈게요. 기다려 주세요! 쪽! 쪽! 쪽!


"……."
"……."


-사, 사랑해요. 히힛.


"우웩. 못 볼 걸 봤네요."
"너무 그렇게 반응하지 마. 귀엽기만 한데 어때서."
"귀여운 건 사실이지만 동성 입장에서는 그렇게 보이지 않네요. 누구는 저런 거 못 해서 안 하는 줄 아나. 제대로 된 애교 한번 보여줘요?"

"아니. 누나한테 잘 어울릴 것 같은 행동은 아니니까."

"외관 자체는 내가 더 귀엽지 않나? 하얀 씨보다는 내가 조금 더 작고 앙증맞은 편 아니에요? 저쪽은 은근히 나올 데 나오고 들어갈 데 들어가서 귀엽다고 말하기엔 무리가 있다고요. 어딜 보더라도 저런 콘셉트는 제가 가져가야 하고 하얀 씨 외관에는 오히려 방해, 아니, 사람이 말하는데 귀는 왜 이렇게 자꾸 후비적거려요? 무시하는 거 아니죠?"

"아니. 그런 건 아니야. 왠지 모르게 귀가 간지러워서."

"누가 오빠 욕하고 있나 보죠. 뭐. 욕먹을 짓을 하도 하고 다니니까. 이상하지도 않은 일도 아니지."

"말이 심한 것 같은데, 누나."

"틀린 말은 아니니까. 품! 특히나 이번 건 조금 악랄했다는 거 알고 있죠? 그쪽 작전에 투입된 애들은 입단속 확실하게 해야 할 거예요. 만약 알려지더라도 제가 손을 썼다고 발표하기는 하겠지만 괜히 이미지가 손상되면 안 되죠. 성스러운 군대 잖아요?"

"아암. 그렇지. 성스럽지. 그렇고말고. 뭐, 사실 굳이 신경 쓰지 않아도 돼. 거기서 일어난 일은 어디까지나 불운한 사고로 처리될 거고, 죽고 죽이는 전쟁에서 윤리 따지고 드는 것도 우습지 않아?"

"대륙법으로도 정신을 뒤흔드는 저주나 마법 같은 건 엄연히 금기예요. 흑마법도 마찬가지고요."

"내 건 마법이나 저주가 아니니 세이프. 흑마법 역시 교국이 사용한 게 아니게 될 테니 세이프."

"요리조리 잘 빠져나가신다니까."

"칭찬으로 들을게."

과장스럽게 박수를 보내는 이지혜의 얼굴이 시야에 비쳤다. 내 인성에 감탄한다는 표정을 보내고 있었지만 똥 묻은 개가 겨 묻은 개를 나무라는 꼴이다.

계획에 적극 찬성하는 것으로 모자라 디테일한 부분까지 신경 써준 숨은 공로자가 이제 와서 양심 운운하는 모습을 보여주니 우습다.

물론 그녀의 진심은 아니다. 반쯤은 놀리는 표정이었고 무엇보다 본인이 기분 좋아 보였으니까. 계속해서 방금 영상을 돌려보며 콧노래를 흥얼거리는 꼴은 가관이다.

함정에 빠진 적군. 지휘관으로서는 당연히 기분 좋을 만한 일이기는 하다. 아군의 피해는 전무, 쓸모없는 포로들로 만들어낸 결과물이라고 하기에는 성과가 좋다고 할 수 있으니까. 하지만.

'콧노래 흥얼거리는 건 좀 오버지.'

"흐으으흥."

심지어 고개도 까딱까딱 움직이며 리듬을 타고 있다. 이지혜를 보면 항상 하는 생각이기는 하지만 그나마 쟤보다는 내가 덜 쓰레기라는 위안이 된다.

"진짜 이런 걸 보면 오빠가 있어서 다행이라는 생각까지 든다니까요? 제가 조금 덜 악랄하다는 걸 깨닫게 해주잖아요? 진짜 악랄하다니까. 악마가 소환되면 오빠를 형님으로 모실 거라니까요. 아, 이미 한 번 모셨나?"

"……"

아무래도 같은 생각을 하고 있었던 모양이다. 왠지 모를 자괴감이 느껴지기는 했지만 굳이 티를 내지는 않았다.

더 이상 영혼에 상처를 받기 전에 말을 돌려야 한다는 생각이 들었다. 진지한 주제로 입을 열자 성실히 대답해 오는 이지혜였다.

"도착은 언제지?"

"슬슬 됐어요. 아마 지금쯤이면 적군에게도 우리 병력이 접근하고 있다는 소식이 들어갔을 거고요. 조금 더 은밀하게 움직이고 싶기는 한데 역시 우리 악마 소환사는 공성전을 치르는 와중에도 정찰대를 돌리는 걸 소홀하지 않네요."

"기왕이면 깜짝 놀라게 해주고 싶었는데. 이거 아쉽게 됐네."

"놀라 까무러칠걸요? 정찰대는 계속 잡아내고 있으니까 정확한 규모가 어느 정도인지는 적도 파악하지 못할 거예요. 기껏해야 구색만 갖춘 지원부대라고 생각하는 게 고작이겠죠.

공화국 쪽으로 우리 부대가 들어갔다는 건 다 알고 있는 사실일 테고. 여기저기에서 남은 병력 끌어모았을 거라고 생각하고 있고요. 물론 전부 간파하고 있을 가능성도 아예 없는 건 아니지만……."

"간파?"

"그냥 추측이에요. 하지만 대비해야 할 문제이기도 하고요. 원래 이런 큰 병력을 이끄는 입장에 있다 보면 모든 가능성에 대해 생각해 봐야 하거든요. 사실 전체적으로 상황이 무난하기는 해요. 아니, 너무 무난해서 문제죠."

"정확히 어떤데?"

"일단은 병력의 움직임. 정확히 파악은 되지 않지만 곳곳에서 차출된 병력이 그렇게 많지 않다는 게 신경 쓰이네요. 말 그대로 보험이란 거죠. 이를테면 있어도, 없어도 상관없는 병력. 전장을 유지하는 데 오히려 방해가 되는 잔존 병력이라고 하는 게 맞겠네요. 전장에 사람이 많다고 무조건 좋은 건 아니니까요. 보급도 생각해야 하고 실드 마법으로 보호할 수 있는 근접 직군의 비율을 생각해 보면 더욱이요. 본대에서 분대가 분리되기는 했지만 분대가 빠져도 전혀 상관없다는 거예요."

"……."

"아직까지도 타 전선에서 좋은 소식이 들려오지 않는 건 바로 그런 이유라고 할 수 있겠죠? 타 전선에서 숨이 트이기야 했지만 말 그대로 숨이 트였을 뿐이에요. 이전에 손해 본 걸 메우려면 조금 더 강력한 한 방이 필요하고요."

"다른 정황은?"

"있죠."

"……."

"거의 모든 동부 전선이 먹혔다는 것 역시도 생각해 봐야 할 문제예요. 린델 쪽으로 움직이는 저희 동선을 적이 알아차리지 못하는 건 환호할 만한 일이지만 다시 말하면 저희 역시 동부 전선의 바깥쪽 상황이 어떻게 흘러가고 있는지 모르고 있다는 말과 다름없는 거잖아요. 서로 최대한 신경 쓰고 있기는 하지만 적이 바보도 아니고. 지금 안개 소환사가 있는 곳에 들어와 있다는 그 병력, 그들의 정확한 소재가 파악되지 않고 있다는 것도 문제예요. 일부는 훌륭히 함정에 걸려들기는 했지만 그 나머지는 어디에 있을까요? 안개의 숲에서 길을 헤매고 있다면 다행이겠지만 만약 그렇지 않을 경우에는?"

"흠……."

"오빠가 예전에 넘긴 전략 시뮬레이션 데이터에서의 악마 소환사는 정석으로 상대방을 조이고 물고 늘어지는 성향이 강하다고 생각하기는 했지만 실전과 게임은 다르니까요. 오히려 그런 성향일수록 한 번의 기습이 효과적으로 다가올 수 있거든요."

"만약 누나 말이 맞다면……"

"네. 현재 숲에 있는 병력 역시 버리는 패였을 수도 있다는 거예요. 너무 간 것 같기는 하지만 애초 예브 카리나는 개뿔 신경도 안 쓰고 있었을 수도 있고요."

"……"

"표정 풀어요. 그래도 꼭 나쁜 것만은 아니니까. 적 병력의 일부를 안개의 숲에 불러올 수 있다는 것만 해도 대단한 성과 예요. 최대한 많은 숫자가 덫에 걸려들었으면 싶지만 그걸 바라는 건 너무 날로 먹겠다는 도둑놈 심보고……"

"만약 누나가 진청이라면 어떻게 할 건데?"

"글쎄요? 오빠랑 똑같지 않을까요? 오빠는 어떻게 할 건데요?"

"수도를 핑계로 나불거리며 먹기 좋은 미끼를 안개에 숲으로 보내고……"

"방심한 사이에 본대를 친다. 지금 우리가 하고 있는 짓이랑 똑같은 짓."

'이 쓰레기 새끼.'

왠지 모르게 스스로를 욕하는 것 같은 느낌이 들지만 가능성이 있다는 부분은 결코 무시할 수 없다.

이지혜의 말은 당연히 납득 가능한 설명이다. 현재 안개 소환사 천관위가 있는 곳에 정확히 얼마만큼의 병력이 들어갔는지 확인할 수 없다. 심지어 모든 분대가 안개의 숲으로 들어갔는지에 대해서도 의심을 해볼 만한 부분. 일부 병력은 안개의 숲으로 보내고 나머지 병력을 뒤로 돌렸을 가능성 자체를 배제할 수 없다.

이지혜가 꼼꼼히 바라보는 지도에 시선을 두었다. 어느 한 지점을 손가락으로 툭툭 치고 있는 이지혜의 얼굴이 시야에 비쳤다.

"맞아요."

"만약 이 추측이 맞다면 캐슬락으로 들어가기 직전에 이곳에서 마주칠 확률이 높아요. 정확히 말하면 기습을 당할 수 있다는 게 올바른 표현이겠네요. 우리에게는 불리하고 적에게는 좋은 지형. 캐슬락에 있는 본대도 도움을 줄 수 있을 테니까요. 물론 한참 공성전에 정신이 없기는 하겠지만 자기한테 빅 엿을 먹인 상대가 코앞에 있는데 눈이 안 돌아갈 사람이 있겠어요? 그리고 제 입으로 말하기엔 조금 죄송하지만 오빠가 도발할 때 표정이 워낙 아니꼬웠어야죠. 장담컨대 부처가 봐도 화날 만한 표정이라고요."

"그건 좀 상천데…… 아무튼 여기까지 읽었다면…… 대책은 있는 거지?"

"일단은 적들이 함정을 파놓지 않았다고 기도하는 게 첫 번째. 만약 파놓았다고 한다면 뚫어내는 것밖에 답이 없어요. 여기서부터는 전술의 영역이죠."

'전술.'

말은 쉽다.

하지만 악마 소환사가 이런 부분에 수완이 좋다는 건 그녀도 인정하고 있는 부분.

전에 얻은 데이터베이스를 토대로 한 전략 시뮬레이션 게임에서도 이지혜는 악마 소환사를 이긴 적이 없다. 실제로 이지혜 역시 고개를 끄덕이며 이길 수 없을 것 같다고 말했을 정도. 물론 그 이후로 그녀가 얼마나 칼을 갈았는지는 알 수 없지만 악마 소환사는 확실히 강하다.

초조한 생각을 하는 와중에도 병사들은 계속해서 진군하기 시작했다.

콰앙!

굉음이 들려온 것은 순식간. 왠지 모르게 이럴 것 같다는 생각을 했지만 막상 현실로 다가오니 괜스레 더 기분이 더러워진다.

"시발……."

"……."

"대책은 있는 거지?"

"물론이죠."

자신 있게 고개를 끄덕이는 모습이 보이기는 했지만 불안한 것은 어쩔 수 없다.

"저도 자존심이 많이 상하기도 했고 게임과 실전은 다르다는 걸 보여줘야 하니까요."

하지만 이후에 들려온 목소리에 고개를 끄덕일 수밖에 없었다.

"준비한 전술이 있긴 하다는 거네?"

"준비했다기보다는 원래 가지고 있다고 하는 게 맞죠."

"그러니까 그게 뭔……."

"전술 김현성."

"어?"

"전술 김현성이요. 그게 제가 준비한 전술이에요."

"아……."

"오빠가 저보다 더 잘 알고 있잖아요. 그래서 꼭꼭 숨겨 왔던 거고."

"푸흐하하하핫. 아. 그러네……. 키야. 그걸 깜빡하고 있었네! 내가 우리 현성이를 깜빡하고 있었어!"

이것도 전술이라고 불러야 할지는 잘 모르겠지만 그 파괴력은 전술 그 자체라고 봐도 무방하다. 괜스레 웃음이 터져 나오는 것은 내가 조증에 걸렸기 때문은 아닐 것이다.

신들의 아집으로 만들어낸 불세출의 괴물. 알타누스에 의해 회귀한 존재이자 베니고어 여신의 총애를 얻고 있는 진짜

신의 사자. 신화 등급의 무구, 가지고 있는 스탯 자체만으로도 이미 괴물이라 불러도 손색이 없다.

그 말 그대로 자잘 자잘한 전술이 필요할 리가 없다. 전술 김현성 자체가 바로 이쪽이 가지고 있는 전술이다.

"전술 김현성 투하해!!"

"이미 준비됐어요."

# 110장
# 회귀자 사용설명서

　이곳에서의 전쟁과 현대전은 확연히 다르다. 이미 몇 번이나 언급했지만 아무리 강조해도 지나치지 않다.

　'아암. 그렇지. 그렇고말고.'

　이 대륙에서 한 개인이 전쟁에 끼칠 수 있는 영향이 어느 정도인지에 대해서 생각하면 금방 답이 나온다. 말하자면 정하얀이 라이오스에서 보여준 모습.

　안개 소환사 천관위가 현재 안개의 숲에서 하고 있는 행동. 다완과 실리아를 밀어내는 데 지대한 역할을 한 공화국의 오호대장군도 마찬가지.

　신화 등급을 넘나드는 근력을 보유하고 있는 차희라는 또 어떠한가. 단신의 몸으로 라이오스 전체를 마비 상태로 만들었고 실제로도 전황에 커다란 영향을 미쳤다.

물론 차희라의 경우에는 여러 가지 이유가 맞물려 있기는 했지만 개인이 끼칠 수 있는 영향이 얼마나 큰지에 대한 적절한 예로서는 부족함이 없다.

과장해서 말하자면 이들은 전술핵이나 다름없다. 축소해서 말하자면 누구는 전투기고 누구는 탱크다.

검과 화살을 들고 싸우는 전장에서 갑작스레 탱크로 밀고 들어오는 적군을 상상한다면 누구나 다 입을 떡 벌릴 수밖에 없을 것이다.

적군이 전략 병기를 보유하고 있다면 우리도 보유해야 한다. 평범한 화살과 검으로 뚫어낼 수 있는 내구를 가지고 있는 전사가 있다면 그 전사를 꿰뚫을 수 있는 궁수를 보유하고 있어야 한다.

이 대륙의 전쟁의 역사는 그렇게 발전해 왔다. 약간의 변화가 생긴 것은 이방인이 떨어진 뒤.

결과 자체가 달라진 것이 아니다. 달라진 것은 오롯이 과정. 튜토리얼 던전을 얼마나 보유하고 있는지가 나라의 국력을 말해주는 지표가 됐으니까.

그만큼 이방인의 등장은 이들에게도 충격적이었을 거다. 그동안 팽팽히 유지되고 있던 관계에 새로운 강자들이 들어오기 시작한 것이다.

물론 이들도 무적이라고 할 수는 없다. 내구가 뛰어난 검사의 내구도 두드리다 보면 부서지게 마련이고 마법사의 경우에는 더하다.

잠깐 방심을 푼 사이 어디에선가 날아 들어온 화살에 저세상으로 승천할 수도 있다는 걸 생각해 보면 더욱더 그렇다.

지치지 않는 체력을 가지고 있는 검사도 끊임없이 언젠가 지치게 마련이고, 무시 못 할 화력을 가지고 있는 마법사도 금방 마력이 바닥난다.

이런 말도 안 되는 네임드들을 견제해 줄 적이 존재한다면 생각보다 움직일 수 있는 범위가 축소된다는 거다.

그렇다면 김현성의 경우에는 어떨까.

예를 들어 우리 쪽의 전술 병기를 견제할 수 없는 적 전술 병기가 없다는 가정을 해본다면 어떨까.

'말이 필요 없지.'

자그마치 신에게 선택을 받은 인간이다. 본래부터 가지고 있는 재능도 일반인이 감히 넘볼 수 없을 정도로 아득한데 본인 역시 노력을 멈추지 않는다.

마음의 눈으로 보이는 스탯창은 말이 필요 없을 정도. 용병 여왕이 신화 등급을 넘나들 수 있는 근력 수치를 가지고 있다고 하지만 이 자식은 모든 부분에서 만능이다.

지력을 제외한 모든 수치가 90 이상. 보유하고 있는 전설 등급의 특성 4개.

소설 속의 주인공이고 만화 속의 주인공 같은 인간. 장담컨대 현재의 김현성은 인간계 최강이라 자부할 수 있을 정도다. 적어도 내가 본 인간 중에 김현성을 뛰어넘는 인간은 존재하지 않는다.

-전투 준비!
-전투 준비!!
-마법과 화살에는 즉각 대응하라! 마법사들은 어서 방어 마법 유지해!

소란스러워진 병력과 동떨어진 위치에서 숨을 숨기고 있는 김현성. 무척이나 침착해 보인다. 회귀자의 품 안에서라면 전쟁터 한복판에서 잠도 잘 수 있을 것 같다. 조용히 숨을 내쉬고 있었고 손목과 몸을 푼다는 듯이 가벼운 스트레칭을 하고 있다.

사제들의 버프가 쏟아지고 마법사들의 보조 마법 역시 녀석에게 집중되기 시작. 누가 봐도 전장의 주역은 이 자식이라는 생각이 쏟아질 것 같은 외관이었다.

하지만 갑작스레 적습을 받은 병력 자체는 당황하는 기색이 역력. 물론 기본적인 대비는 하고 있었지만 기습이라면 기습이라고 할 수 있을 테니 저런 모습을 보이는 게 당연할 것이다.

아직까지는 계속해서 폭음이 들려오는 중. 비교적 안전한 곳에서 상황을 보고 있는 나와 이지혜 같은 경우에는 별다른 충격이 오지 않았지만 아마 바깥쪽에 피해가 쌓이지 않았다고 하기에는 힘들 것 같았다.

콰아아아아아아아아앙!!!

후드드득…….

후드득…….

"아군 병력을 잡아먹기 위한 병력은 아니네요. 진군을 늦추거나 피해를 누적시키기 위한 병력."

"그래? 누가 봐도 잡아먹고 싶은 모습인데?"

"그만큼 필사적이라는 거겠죠. 기왕이면 병력을 제대로 보존하고 움직이고 싶었는데 손해가 아예 없을 수는 없겠네요. 일단 지형이 불리하기도 하고. 제 입장에서도 피하고 싶었지만 이건 부딪칠 수밖에 없는 싸움이었다고 봐요. 차라리 이곳에서 부딪친 게 다행일 수도 있고요."

"전술 김현성 투하는 언제야?"

"그렇게 막 쓸 수 있는 게 아니라고요. 최대한 효과적으로 써야 전술 김현성이라는 소리를 듣죠. 네임드는 어디에 쓰는지도 중요하지만 어떻게 활용되는지가 가장 중요하다고요. 일단은 보자…… 최소한의 길을 여는 게 중요하겠네요. 최대한 리스크 없이 폭탄을 배달시키는 게 제 일이에요."

"흠······. 뭐, 그래. 누나가 알아서 하겠지, 맡겨도 되지?"

"네. 일단은요."

"나는 잠깐 밖에 나가서 상황 좀 보고 온다."

"괜히 눈먼 화살 맞지 말고 대충 보고 들어와요."

이지혜가 괜한 소리를 하는 것이 아니다.

살짝 바깥으로 발걸음을 떼자마자 온갖 굉음이 들려온다. 온도가 다르다는 게 느껴진다.

이런 상황을 겪어보지 않은 것은 아니지만 확실히 규모가 다르다 보니 피부에 와닿았다.

하늘 위에서는 온갖 종류의 마법이 떨어져 내리고 있었고 아군 병력은 최대한 밀집해 방어 마법을 캐스팅한다.

콰과아아아아아아앙!!

콰드드드득!!!

"마법사 지원 부대! 실드 캐스팅! 실드 캐스팅!"

"최대한 마력을 모은다! 빨리빨리 이동해! 폭격 범위에서 벗어난다! 뭐 하고 있는 거야!"

"아아아악!"

"사제! 사제!"

"대응 마법 준비 명령입니다! 최우선 사항입니다."

"마법진 확인 이후 캐스팅한다."

"캐스팅 준비!"

"발사!"

"⋯⋯!"

'벌써 대응사격인가. 반응 빠르네.'

부대가 잘 훈련되었다는 증거. 내가 훈련시킨 것은 아니었지만 그래도 뿌듯한 것은 어쩔 수 없다고 생각했다. 확실히 컨트롤 타워가 있으니 갑작스러운 상황에서도 잘 대응한다.

하지만 이쪽보다 비교적 높은 위치에 자리해 있는 적에게는 마법이 잘 닿지는 않는 것처럼 보인다. 이를테면 고지전이나 다름이 없는 상황. 악마 소환사가 꽤 많은 준비를 하고 있다는 걸 확인할 수 있었다.

"전사들은 대형을 유지한 채로 최대한 전진, 최대한 후위에 피해가 없도록 한다. 최우선 사항이다."

"확인."

"방어 아티팩트를 가지고 있는 애들 중심으로 최대한 모여! 꾸역꾸역 밀고 들어간다!"

"제기랄! 저 새끼들 올라오게 하지 마!"

지휘통제실에서 이지혜가 계속해서 명령을 내리고 있고 부대는 실시간으로 그 명령을 따라 움직인다. 물론 전체적으로 보면 단순히 적에게 다가가고 있을 뿐이지만 디테일한 부분까지 지시를 내리는 것은 그저 닥치고 돌격하는 것과는 차이가 있다.

'아군 피해가 문제가 아닌데 이건……'

마법사들의 마력과 사제들의 신성력이 계속해서 소모된다는 것이 문제. 만약 이곳을 제대로 뚫어낸다고 해도 다음 전쟁을 지속할 만한 체력이 남아 있을지가 문제다.

'원하는 게 이거구나.'

적들은 충분히 병력을 뺄 수 있다.

이쪽의 체력을 깎아놓는 거로도 이미 이득, 만약 병력에 막대한 피해를 준다면 말 그대로 대박을 친 것이나 다름없다.

여러모로 우리에게는 불리하고 적에게는 유리한 상황. 언제 전술 김현성을 출동시킬지 그 타이밍이 궁금해질 수밖에 없었다.

"아아아아악!"

"의무병! 의무병!"

"5소대에 화염 마법 직격! 실드가 깨진 것으로 보입니다."

때마침 아군 병력에 피해가 생긴 상황. 혹시라도 뭔가 문제가 생긴 것은 아닌가 하는 생각이 들었지만 아마 그건 아닐 거라고 생각했다. 그녀 역시 가장 적절할 때를 알아서 구별하고 있을 테니까.

지휘통제실에서 자세한 상황을 물어봐야 되는지에 대해 고민하던 찰나.

'어?'

시야에 비친 것은 이쪽으로 날아오고 있는 얼음. 정확히 말하면 창의 모양을 한 얼음이다.

'아니, 얼음이 맞나?'

다른 사람의 눈에는 보이지 않는 것 같다.

마치 시간이 느리게 흘러가는 느낌. 저런 게 이토록 가까이 올 때까지 어째서 캐치하지 못했는지 궁금할 지경이었다.

지휘통제실에 자체적으로 걸려 있는 방어 마법을 관통한 채 이쪽으로 날아드는 창의 모습에 등골이 서늘해질 지경.

딱 하고 캐스팅을 했지만 생성되고 있는 용의 방패는 녀석이 날아오는 속도보다 느리다.

단순히 '아프다'로 끝날 만한 공격은 아니다. 둔한 몸이 움직여주지 않는 것이 짜증 나게 느껴진 것은 당연지사. 최대한 몸을 비틀어 치명상을 피해보자고 했지만 바로 앞쪽까지 날아든 녀석은 별의별 생각을 다 하게 만들기에 충분했다.

'능력자가 있는 거야.'

암살이나 저격에 특화되어 있는 이가 있다. 이 정도로 먼 거리까지 보이지 않는 창을 형상화해 던질 수 있다는 것 자체가 네임드가 아니면 하기 힘든 일이다.

그렇게 최대한 몸을 기울였던 바로 그때였다.

쨍그랑!

하는 소리와 함께 유리가 깨지는 소리가 들려온 것.

"어?"

"괜찮으십니까?"

눈에 보인 것은 내 옆에 자리하고 있는 김현성.

'네가 왜 여기 있어? 아니, 이 새끼 여기로 언제 온 거야.'

분명히 돌격할 준비를 마치고 있었던 거로 기억한다. 본대와는 조금 떨어져 있는 위치. 언제부터 저게 나에게 날아오는 걸 눈치챈 건지는 모르겠지만 순식간에 이쪽으로 온 것을 보니 귀신이 곡할 노릇이다.

사실 조금 더 놀라운 것은 녀석의 외관이다.

'진짜 잘생겼네.'

반쯤 이쪽을 안은 채, 한쪽 팔로는 보이지 않는 창을 완전히 부숴 버렸다.

유리인지 얼음인지 모를 반짝반짝 한 것들이 가루가 되어 녀석의 얼굴을 비춘다. 가만히 있음에도 불구하고 필터된 사진을 보는 느낌.

때마침 찾아온 햇빛까지 놈을 도와주니 무슨 화보나 영화의 한 장면에 있는 것 같은 기분이었다는 건 말할 필요도 없으리라.

왠지 모르게 모호한 자세로 녀석에게 입을 열려던 찰나 김현성 쪽이 먼저 입을 열어왔다.

"안으로 들어가시는 게 좋을 것 같습니다, 기영 씨. 밖은 위험합니다. 일단은 저격수를 처리할 때까지만이라도…… 모두기영 씨를 노리고 있을 테니까요."

"네. 제가…… 부주의했습니다. 보호 마법이 이렇게 쉽게 뚫릴 줄은 몰랐던 터라."

"아마 관통에 중점을 둔 마법일 겁니다. 특성에 영향을 받았을 수도 있고요. 위협적이기는 하지만 통제실 안까지는 닿지 못할 것 같습니다. 일단은 빨리 안으로……."

"아…… 네. 알겠습니다. 감사합니다, 현성 씨."

"당연한 일을 했을 뿐입니다."

"네. 그보다 지금…… 여기 계셔도……."

"조금 늦기는 했지만 무리는 없을 겁니다. 때마침 명령이 떨어진 타이밍이라. 그럼…… 다녀오도록 하겠습니다."

"네. 다녀오시죠."

"아! 그리고 계속 말씀드리는 겁니다만 여러 상황을 고려하며 최대한 주의하셔야 합니다, 기영 씨. 지휘통제실에도 꼭 전달 부탁드립니다."

"아…… 네. 알겠습니다."

"이만."

눈앞에서 순식간에 사라진 것을 보니 어안이 벙벙하다. 혹시나 나를 노리는 게 또 올까 싶어 황급히 통제실로 들어왔다. 벌써부터 달리기 시작하는 김현성의 모습이 마력 홀로그램에 비쳤다.

어디로 달리는지 역시 뻔할 뻔 자.

'각 재고 있었던 거구나.'

나에게 창을 던졌던 놈이 있는 곳으로 향하고 있는 것이 보인다.

"뭐가 저렇게 빨라."

그 말 그대로, 눈으로 제대로 확인하기가 힘들게 느껴질 정도였다. 시간이 얼마 지나지 않아 사방팔방에서 비명이 들려오기 시작했다.

"핵 떨어진다!"

"방금 뭐예요? 무슨 남자가 공주님 안기를 당해요?"

"봤어?"

"당연히 봤죠. 그러니까 위에 나가서 그렇게 기웃거리면 어떻게 해요. 내가 말을 안 해서 그렇지 오빠 얼굴은 살아 움직이는 도발 토템이나 다름없다고요. 그리고 말이 나와서 하는 소린데 그렇게 초롱초롱한 눈으로 보는 것 좀 자제해요. 그러니까 전쟁 통에도 그런 소설이 팔려 나가잖아요. 교국이 유지하고 있는 전선 쪽에 여군들 생환율이 그렇게 높은 거 알아요? 농담인지 진담인지 모르겠는데 다음 권 기다려야 된다고 억울해서 죽지도 못하겠대요. 도움은 되지만 괜한 구설수에 휘말리는 게 별로 안 좋다는 건 누구보다 더 잘 알고 계시면서……."

"무슨 소설?"

"몰라요?"

"알긴 아는데 그게 이거랑 무슨 상관……."

"아, 아니. 아무것도 아니에요. 이상한 부분에서 둔하다니까."

"응?"

"신경 쓰지 않으셔도 돼요. 그나저나 다친 곳은 없죠?"

"응. 누구 덕분에 멀쩡하네."

"몸조심 좀 해요. 현성 씨 없었으면 어휴. 일단 화면 좀 보세요. 계속해서 내비게이션 찍어줘야 하니까. 이건 오빠가 하는 게 더 낫겠네요. 저보다 현성이 오빠를 더 잘 이해하고 계시기도 하고."

"이게 무슨 화면이야?"

"전술 김현성 전용 마력 홀로그램이요. 일반 카메라로 움직임을 따라가기가 벅차서 1인칭이에요. 기본적인 루트는 정해져 있는데…… 오빠가 할 일은 내비게이션, 좌표 찍어주시고 목표물 설정해 주시고…… 그 외 자잘한 부분에서 지원해 주시면 됩니다. 현성이 오빠 능력을 고려한 이후에 판단하면 돼요. 잘 알고 계시죠? 사실은 제가 맡고 싶지만 오빠가 더 잘할 수 있을 것 같기도 하고. 저는 다른 지점도 봐야 하거든요."

"준비 확실히 했네."

"톨보이를 쓰려면 제대로 써야죠. 엄연히 체력이랑 마력에 한계가 있는 사람인데, 아! 무리는 시키지 않는 게 좋아요. 그럼 저도 집중 좀 할게요. 상대도 만만치 않은 것 같으니까."

"밀리고 있는 건 아니지?"

"밀리고 있는 건 아닌데…… 불안요소가 아예 없는 건 아니네요. 지금부터예요. 집중."

"응."

'얘가 확실히 난 녀이긴 난 녀이네.'

괜스레 그런 생각을 해볼 정도였다.

머리가 잘 돌아간다는 건 알고 있었지만 이런 방법을 사용할 거라고는 생각지도 못했다.

'김현성 1인칭 시점.'

이쪽의 지시 사항이 전달되고 있다는 걸 생각해 보면 게임을 하는 것과 다름없다고 느껴질 정도였다. 그것도 자동사냥이 되는 게임. 굳이 내가 컨트롤을 할 필요는 없다. 우리의 전술 병기 김현성은 알아서 척척 적을 해결해 주니까.

'이거 괜찮은 것 같은데…… 아니, 쩌는데?'

물론 전쟁터 안에서의 김현성의 판단력은 믿을 수밖에 없다. 녀석의 전투 경험은 이쪽의 수십 배. 어떻게 싸워야 하는

지 대상을 어떻게 공략해야 하는지 잘 알고 있음이 분명하다.

하지만 이런 종류의 대규모 전쟁이라면 이야기가 다르다. 김현성의 시야는 한정되어 있다. 하늘 위에서 내려다보고 있는 게 아니라면 전장 자체가 어떻게 돌아가고 있는지에 대해 확실히 알 수 없다.

혼자 흥분하다 고립될 수도 있을 것이고 지원이 필요한 지점을 알아채지 못할 수도 있다. 이것을 보조하는 게 바로 내 역할. 커다란 뷰 카메라 하나와 김현성이 달고 있는 개인 카메라 하나.

장담하건대 이것보다 내게 잘 어울리는 역할은 없을 거라고 생각했다. 김현성보다 내가 녀석의 몸에 대해서 잘 알고 있을 수도 있다는 걸 떠올려 보면 더욱더 그렇다.

'좋아.'

-곧바로 뚫겠습니다.

"네, 현성 씨."

본격적으로 달리기 시작한 김현성의 모습은 감히 일반인의 시선으로 판단할 수 없을 정도.

이지혜의 말이 맞다. 아마 개인 카메라가 아니었다면 녀석이 어떻게 움직이고 있는지조차 눈치챌 수 없었으리라.

'이거 인간 맞아?'

주변 풍경이 무척이나 빠르게 스쳐 지나간다. 단순히 빠르다는 말로는 이 속도를 설명할 수 없다. 열차를 타고 지나가는 것보다 더 빠른 느낌.

순식간에 검이 뽑히고 순식간에 앞쪽에 있는 적의 팔다리가 날아간다. 앞서 벤 적 신체의 일부가 땅에 떨어지기도 전에 김현성은 이미 다른 곳에 자리 잡고 검을 휘두르고 있다.

사방팔방에서 쏟아지는 무기를 흘리고 한 바퀴 회전하자마자 공중으로는 적들의 무기와 팔이 튀어 오른다. 물론 그것들이 하늘에서 내려오기 전에 김현성은 이미 그 지점을 벗어나 있다.

후드득, 터엉!

적이 보여주는 반응은 각양각색.


-아아아아아악!

-뭐야! 뭐야? 이게…… 이게 뭐야!

-막아! 올라오지 못하게 해! 최대한 막아!

-방금! 아아아아아악!

-제기랄! 의무병! 의무병! 사제!!!

-이게 무슨 미친 경우야! 시발!

정신없는 속도감. 오히려 루트를 안내하는 이쪽의 반응이 더 느리게 느껴질 정도다. 김현성에게 정보를 전달하는 것도 일이라고 생각했다.

'너무 빠른데.'

11시 방향 A101.

-확인했습니다.

이후 9시 방향 B21.

-확인했습니다.

루트 변경, 남서쪽. 당도한 이후, 적 마법사 사살. 곧바로 E 포인트로.

-확인했습니다.

칼이 춤을 춘다.

내가 말을 다 꺼내기도 전에 이미 목적지에 도착한 이후 목표물을 전선에서 이탈시킨다.

"지혜야, 이지혜."

"……."

"지혜 누나!"

"네…… 네? 왜요. 저도 지금 바빠요."

"내 쪽으로 여신의 거울 몇 개만 더 보내줘. 각 포인트마다 하나씩. 빨리."

"왜요?"

"너무 빠르게 움직여서 확인이 안 돼. 빨리. 조금 더 넓게 봐야겠어."

"자, 잠깐만요."

"응."

잠깐 이쪽의 상황을 확인했는지 이지혜가 곧바로 각 포인트를 비추는 거울들을 보내왔다. 실시간으로 보내지고 있는 모습에 정신없이 손과 눈을 놀린 것은 당연지사. 내가 눈알을 굴리는 속도보다 김현성이 움직이는 속도가 더 빠르니 이쪽도 이런 반응을 보일 수밖에 없다.

어처구니없어 헛기침이 나올 정도. 단언컨대 내가 눈깔 사용자라 이 정도로 반응할 수 있다. 이지혜였다면 중간에 나가 떨어질 수밖에 없었을 것이다.

좌표를 지정하고 계속해서 좌표를 찍어준다. 목표물 설정하고 이 전술 핵 병기를 가장 필요로 하는 전장이 어디인지 실기간으로 파악한다.

'부족한데, 이거. 개부족해. 머리가 너무 딸려.'

내가 김현성의 움직임을 따라가지 못하고 있다. 끊임없이 정보를 전달해 줘야 하건만 그렇게 할 수가 없으니 이쪽도 답답해서 뒈질 것 같다.

주제도 모르게 첫차로 람보르기니를 주워 탄 것 같은 느낌. 사랑스러운 회귀자의 성능을 제대로 살리지 못하고 있다는 건 한편으로는 비참하게 느껴질 정도였다.

하지만 포기할 리가 만무하다. 손가락을 놀리며 전장의 위치를 계속해서 뒤바꾸며 김현성이 달고 있는 개인 화면 역시 멈추지 않는다.

김현성이 멍하게 있을 시간을 만들어줘서는 안 된다. 자신에게 길을 인도해 주는 인도자가 얼 타고 있다면 녀석 역시 이쪽에서 내려주는 지령에 의심을 품게 될 것이다.

'머리 아파.'

이쪽은 딱히 천재도 아니고 머리가 좋은 것도 아니다. 눈으로 받아들이는 정보를 뇌가 수용하지 못하고 있다고 느낄 즈음 코밑이 축축해진다. 비릿한 피 냄새가 계속해서 입가에 감돈다.

힘들지만 조금씩 김현성의 움직임에 따라가고 있다는 것만으로도 나 자신을 칭찬해 주고 싶은 기분. 머리를 툭툭툭 두드려 주고 싶지만 그럴 시간 따위는 없다. 적들도 전술핵에 대응하는 병기들을 내보내고 있었으니까.

하지만 다르다.

-이 개자식! 죽어어어!

커다랗게 외치며 위풍당당하게 등장했던 돼지 하나는 목이 잘려 나가며 리타이어.

-실드 마법 유지해! 실드 마법! 조금만 더 시간을 벌어!

캐스팅을 외우던 녀석은 손목이 잘리며 그대로 자리에 주저앉는다.

죽이는 녀석과 죽이지 않는 녀석을 어떻게 구분하는지 알 수 없지만 김현성 나름대로의 명확한 기분이 있는 모양. 개인적으로는 전부 죽이면 좋지 않을까 싶지만 오히려 부상자를 만듦으로써 생기는 이점도 존재한다.

"213.41 지역에 캐스팅하는 마법사 확인됩니다. 목표물은 적 본대로 추정."

-확인했습니다. 이번 것만 해결하고 처리하겠습니다.

"다음."

-확인.

"다음."

-확인.

"다음."

-확인.

제법 먼 거리이기는 하지만 충분히 당도할 거라고 믿는다.
품에서 단검 하나를 꺼낸 뒤 곧바로 날리자 적의 실드 마법
이 부서지며 그대로 캐스팅하던 녀석의 이마에 박혔다.

-처리.

'개빠르네.'
하지만 방금 건 마력을 조금 소모한 행동.
물론 지금은 티도 안 나지만 이후를 생각하면 마력을 아껴
놓는 것이 옳다.

"페이스 조금 늦추셔도 됩니다. 페이스 조금 늦추셔도 돼요."

-네.

'뭐 이런 새끼가 다 있어.'

지금 내가 보고 있는 것은 우리 사랑스러운 회귀자가 보고 있는 풍경이다. 상대할 수 없는 괴물을 목전에 둔 병사들과 일부 네임드의 얼굴이 시야에 비친다.

단순히 화면으로만 보고 있을 뿐이지만 그들의 호흡과 김현성의 호흡, 현장의 긴박감이 그대로 전해진다.

위기가 없는 것도 아니다. 수백 다발의 화살이 한꺼번에 날아들고, 김현성만을 상대하기 위해 꾸려진 소대나 마법들이 계속해서 가로막으려 한다.

한 발 뒤로 물러섰을까 싶으면서도 공격을 흘려보내거나 막아내는 모습은 가히 장관이라 할 수 있을 정도. 이 정도의 신위를 목도한 적은 없다.

'이거 너무 센 거 아니야? 밸런스 파괴 아니야?'

신들이 만들어낸 역작이라는 것이 괜한 표현이 아니다. 어떻게 인간이 이 정도까지 강해질 수 있을지에 대한 순수한 경외감이 자꾸만 들어서기 시작한다.

피하거나 벤다. 막거나 벤다.

이 단순한 과정을 수백 번 반복하는 모습 자체가 경이롭다.

'맞아. 그 말이 딱이야.'

대부분의 병사는 일검조차 견디지 못한 채 팔이 잘리고 어느 정도 수준에 이른 녀석 역시 최대 십 수를 버티지 못한다.

아마 지금쯤 적 지휘관이 어떤 생각을 하고 있는지 뻔할 뻔자. 단언컨대 병력 한복판에 움직이는 핵이 떨어졌다 생각하고 있음이 틀림없으리라.

그렇게 느끼는 것이 당연하다. 지금 내가 눈으로 보고 있는 광경은 실제로 내가 목도하고도 믿기지 않으니까.

적 병력의 움직임이 조금 달라졌다고 느낀 것은 바로 그때.

'이거 압박 들어오는데.'

전체적으로 보이는 병력의 일부가 김현성에게 집중되는 것이 시야에 비쳤다.

"지혜 누나."

"……"

"지혜 누나!"

"……"

"자기야! 여보!! 임자!!!"

"네? 네? 또 왜요?"

"사제 하나, 마법사 하나만 더 붙여줘. 주문 최대 사정거리가 긴 네임드로. 아니, 그냥 각 지역 사제랑 마법사 명단 만들어서 이쪽으로 바로 보내."

"괜, 괜찮겠어요?"

"뭐가?"

"오빠 코피 나요."

"괜찮으니까. 일단은 붙여봐. 빨리."

"아, 알았어요. 무, 무슨 저보다 더 많이 쓰는 것 같은데……"

"여신의 거울이나 띄워줘. 빨리."

눈앞을 가득 메운 여신의 거울, 아니, 마력 홀로그램의 모습도 장관이다.

"이거 조작법 매뉴얼이라도 만들어야 되는 건 아닌지 모르겠네."

혼자서 중얼거려 봤지만 왠지 모르게 그런 생각도 든다.

"그거 재미있겠네요. 타이틀은 뭔데요?"

대답은 하지 않았지만 딱 어울리는 타이틀을 속으로 되뇌었다.

'회귀자 사용설명서.'

"바로 요거지! 현성아! 사랑한다!! 시발!!"

'이게 가능한 건가. 이런 게…… 정말로 가능하다고?'

의문을 품을 수밖에 없었다. 처음 이야기를 들었을 때만 해도 찝찝했던 것이 사실.

전쟁터의 한가운데, 지령을 받고 움직인다는 건 사실상 불가능에 가깝다는 걸 알고 있었기 때문이다.

전투가 일어나는 곳은 언제 어디서 변수가 생길지 모른다. 시시각각 상황이 변화하는 것은 물론, 지휘관이 상정한 예측 범위 밖의 일도 심심치 않게 일어난다.

목적지였던 A포인트에 변수가 나타나 위치를 옮겨야 할 수도 있고, 좌표로 찍힌 곳에 눈먼 화살이나 마법이 떨어질 가능성 역시 배제할 수 없다.

대회전이나 대규모 전투에서에서 병력을 부대 단위로 움직이며 진영을 세우는 것은 이해할 수 있지만 개인에게도 그런 상황을 부여한다는 것은 본 적도 들은 적도 없다.

그렇기 때문에 탐탁지 않았던 것이다. 아무리 여신의 거울을 이용해 넓은 시야로 전장을 한눈에 볼 수 있다고 한들 갑작스러운 변수에 대응해야 하는 것은 오롯이 내 역할이니까.

처음 작전에 들어간 이후에는 역시나 지지부진했고 썩 마음에 들지 않았다. 하지만 아주 약간의 시간이 지난 이후, 막상 상자를 까보니 내 상상 이상이었다는 것을 인정할 수밖에 없었다.

'이건 말도 안 돼.'

단순히 루트나 장소의 좌표를 찍어주는 것까지는 그럴 수 있다고 생각했다. 지휘통제실에서 적재적소에 도움이 필요한 곳에 나라는 무기를 집어넣을 수 있으니까.

하지만 목표물 설정이나 디테일한 부분까지 신경 써주는 것은 또 다른 문제.

인간이 시각적으로 받아들이고 판단할 수 있는 뇌의 용량에는 한계가 있다. 전부 다 볼 수도 없을뿐더러 받아들인 정보를 정리할 시간이 부족하다는 거다.

만약 내 움직임이 느리다면 충분히 받아들일 수 있겠지만 이 정도 속도에 반응한다는 건, 일반인으로서는 불가능에 가깝다고 생각했다.

'저는 조금 특별한 눈을 가지고 있습니다, 현성 씨.'

그가 이전에 말했던 것이 바로 이걸 뜻하는 것일지도 모르겠다.

그 말 그대로, 이건 평범한 인간이 할 수 있는 행동이 아니다. 내가 알고 있는 그 어떤 책사나 군사도 이런 걸 실행할 수 없으리라.

계속해서 내부 평가가 올라가는 것도 어쩌면 당연한 일. 처음 만났을 때는 제법 쓸 만하다고 생각했을 뿐이다.

평범한 인상을 가지고 있던 사람이 지금은 없어서는 안 될, 자신을 이끌어주는 친우가, 형제가 되어 있다.

이런 천재가 1회 차에는 도대체 어디에 숨어 있었는지 궁금할 지경. 튜토리얼 던전에서 검을 놀려 그를 구한 일은 1회 차와 이번 회차에서 가장 잘한 일이라 자신 있게 고개를 끄덕일 수 있다.

'적!'

눈앞에 화살을 당기는 궁수들이 보이지만 딱히 움직이지 않는다.

어차피 곧바로 좌표가 찍힐 테니까.

예상대로 곧바로 신호가 들어오는 걸 확인할 수 있었다.

-C포인트 321.12입니다.

"확인했습니다."

방벽이 두텁지만.

'뚫고 나갈 수 있어.'

거대한 방패와 도끼를 든 거한이 무기를 휘둘렀다. 검을 휘두르자 기분 나쁜 감촉이 느껴지며 피 분수가 뿜어져 나온다.

계속해서 발을 놀리며 움직이고 쉴 틈을 주지 않는다. 그 와중에도 계속해서 지령이 떨어지는 상황. 몸은 자연스레 목소리에 반응한다.

끊임없이 말을 하거나 좌표를 발신하는 것은 마치 바로 옆에 있는 느낌을 주었다. 등 뒤를 지켜주는 동료도 이것보다 더

든든하지 않을 것이다.

더구나 이뿐만이 아니다.

'버프가 끝나 가는데.'

-C포인트 321.69

"확인."

마침 딱 장소에 도착하니 곧바로 몸에 신성력이 쏟아지기 시작.

내게 신성력을 넣어준 사제 역시 어처구니없다는 듯이 입을 벌렸다. 저 사제가 받은 지령은 정확한 포인트에 신성력을 떨어뜨리는 것이 전부일 터. 아마 내 움직임도 제대로 확인할 수 없었으리라.

'이해할 수 있어.'

저 사제가 현재 어떤 기분인지 이해할 수 있다. 지금 내가 느끼는 감정 역시 아군이 느끼는 감정과 같다.

너무 황당해 기가 찰 지경. 이런 게 가능하리라는 건 상상도 해본 적 없다. 이건 마치 나를 위해서 만들어진 무대나 다름이 없다.

적을 베고 목적지에 도착하는 것 이외에는 아무것도 생각할 일이 없다. 하늘에서 떨어지는 마법과 화살 따위는 신경 쓸 필요도 없다.

왜? 어차피 해당 지점에 아군의 보호 마법이 떨어질 테니까.

콰아아아아아아아앙!!!

큰 소리와 함께 하늘 위에 펼쳐진 장막이 적군의 마법을 막는다.

방어 마법을 캐스팅한 아군 마법사는 멀찍이서 황당하다는 눈으로 이쪽을 바라보고 있다.

분명 몇 분 전 적군이 있던 곳에 실드 마법을 캐스팅하라는 어처구니없는 지령에 대한 결과물을 눈으로 직접 목도한 탓이다.

'이건…… 전장을 읽고 있는 거야.'

그 말 이외에는 이 상황을 표현할 길이 없다.

중간중간 어쩔 수 없이 생긴 상처는 이동하는 내내 곧바로 치료된다. 몸에 걸려 있는 버프는 절대로 끊어지지 않고 한계 유지 시간이 없는 것처럼 유지된다.

지정한 포인트에 움직이기만 해도 가까운 아군 사제가 기다렸다는 듯이 신성력을 넣는다. 거리가 멀다고 느껴지거나 뚫어내기 애매하다고 판단하는 곳이 있다면 한발 먼저 마법이 떨어져 길을 열어준다.

주변에서 함께 병력을 밀어내고 있는 전사 역시 마찬가지. 그들이 적 병력을 밀어내는 사이 빈 공간이 열리고 기다렸다는 듯이 적군의 얼굴이 보인다.

'말도 안 돼.'

내가 느끼는 이 감정은 일종의 쾌감이다. 전투를 썩 즐기는 편은 아니지만 손발이 완벽하게 맞아 떨어졌을 때나 느낄 수 있는 쾌감이다.

"죽어! 이 괴물 자식! 커헉!"

단말마의 비명을 내지르며 쓰러진 적군 뒤로 들려오는 아군의 목소리.

"현성 씨, 뒤!"

외침이 들려왔지만 신경 쓰지 않았다. 딱히 주의하라는 말이 없었으니까.

아니나 다를까. 뒤에서 커다란 비명이 들려왔다.

살짝 고개를 돌린 곳에 자리한 것은 이마에 박힌 채 뒤로 넘어가고 있는 적군의 얼굴.

화살을 쏜 아군 궁수는 지금껏 다른 이들이 보였던 표정을 선보인다. 아마 나와 내 주변에 있는 이들은 전부 이 감정을 느낄 수 있으리라.

아무런 법칙이 없는 것 같아도 아군은 거미줄처럼, 유기적으로 연결되어 있다.


-다음 위치로 이동합니다.

"확인했습니다."

-다음.

"확인했습니다."

-페이스를 늦춰주셔도 됩니다. 체력에 신경 써주세요.

"확인."
'이 사람은 천재야.'
이런 생각을 하게 되는 것도 무리가 아니라는 거다.
"커헉!"
"이 미친 괴물이! 죽어! 막아! 저 새끼 올라오지 못하게 해!"
"마법이랑 화살을 아끼지 마! 한 발만 맞히면 된다. 한 발만!"
"하지만!"
"닥치고 시위 당겨! 저 새끼 올라오게 하지…… 컥!"

-수고하셨습니다.

"아닙니다."
잠깐 숨을 고르고 있는 사이 다시 한번 신성력이 쏟아지며 버프가 교체된다. 뒤를 돌아본 이후에 보인 광경은 내가 생각해도 어처구니없을 지경이다.

지금의 성장치 역시 결코 낮다고 할 수는 없지만 거의 성장이 끝났었던 1회 차에서도 이렇게 만족스러운 전투를 해본 기억이 없다. 이건 전쟁이라고도 볼 수 없다.

과거의 내가 거친 오프로드를 달렸다고 한다면 지금은 포장된 도로를 무척 고급스러운 세단을 몰며 달리는 느낌. 가지고 있는 마력과 배기량은 비슷하지만 도로의 상태가 차원이 다르다.

괜스레 주먹을 꽉 쥐게 된다.

'하루 종일 싸울 수도 있을 것 같아.'

물론 과장이다. 하지만 이런 상태의 전장이라면 불가능하지도 않을 것 같다.

-주의. 12시 방향.

"확인."

잠깐 한눈을 판 사이, 목소리에 반응하니 예의 그 창을 볼 수 있었다.

순식간에 이쪽으로 뻗어 나온 창은 틀림없이 조금 전 기영 씨를 노렸던 마법. 검을 들고 베어내자 쨍그랑 소리와 함께 유리 파편이 터져나가는 것이 눈에 보였다.

-정확한 좌표 찍어드리겠습니다. 아무래도 현성 씨를 목표물로 설정한 것 같습니다.

"네. 확인하고 있습니다."

-갑니다.

"네."

발을 떼려는 순간 다시 한번 쇄도해 오는 창. 곧바로 다음 좌표로 이동한 것은 당연한 일이다.

쾅! 소리와 함께 적 병력 일부가 창에 맞아 바스러진다.

"아아아아악!"

막는 것인지 피하는 것인지 딱히 말이 없는 것을 보면 개인의 재량에 맡기는 게 맞다고 판단한 모양.

잠깐 상황을 둘러보고 싶었지만 그럴 시간이 없다. 곧바로 다음 공격이 쇄도해 오고 있었으니까.

'막는다.'

검을 위로 휘두르자 다시 한번 쨍그랑 소리가 들려온다.

'막고.'

쨍그랑!

'피하고.'

콰드드드드득!!

'막는다.'

쨍그랑!!

병력이 밀집해 있는 곳에서 움직이는 건 쉽지 않다. 하지만 아군 병력이 계속해서 길을 열어준다. 지휘통제실에서는 최대한 안전하게, 최단 시간으로 움직일 수 있는 좌표를 전송해 온다.

아직까지는 창을 던지는 상대를 정확히 가늠할 수 없는 상황. 하지만 적의 위치야 지휘부 쪽에서는 제대로 확인하고 있을 것이다.

유리창이 어깨를 살짝 스치고 지나간 것은 바로 그때.

'괜찮아.'

대미지가 아예 없다고는 할 수 없지만 깊지는 않다.

'집중.'

다시금 창이 날아들었고 다시 한번 베어냈다.

쨍그랑! 쨍그랑! 콰드드드득! 콰아아아아아앙!

자연스럽게 힘이 들어가고 주변은 엉망이 되고 있다. 상대가 상대이니 이런 상황이 펼쳐진 것도 무리는 아니리라.

하지만 점점 더 가까이 다가가고 있다. 적군에게 피해를 누적시키며 계속해서 목적지가 있는 곳으로 움직이고 있다.

아마 상대 역시 내가 점점 가까워지고 있는 걸 파악하고 있으리라.

-속도 조금 올리겠습니다.

"확인."

어째서 갑작스레 속도를 올리는지는 뻔한 일. 아마 녀석이 움직이고 있는 게 틀림없으리라. 계속해서 날아들었던 창 역시 조금은 뜸해졌다.

변수가 많아지자 목적지가 계속해서 뒤바뀌지만 충분히 따라갈 수 있다.

아마 정상적으로 싸움이 진행됐다면 조금은 힘들었을 수도 있다. 당장 여기까지 올라오는 것에도 많은 시간을 써야 했을 테니까. 체력적으로 지쳤을 것이고 사방에서 몰려오는 병력을 감당하지 못했을지도 모른다.

하지만 그런 일이 일어날 리 없다. 이미 창이 어디에서 날아오고 있는지 확인하고 있고 심지어는 떨어질 위치 역시 상정해 주고 있다. 그 외에 공격들은 신경 쓸 필요조차 없다.

"묶어놔! 최대한 묶어놓는 거다! 거리를 벌릴 때까지 최대…… 아아아아악!"

"미, 미친! 게니아!"

"최대한 묶……. 커헉!"

다시 한번 발에 마력을 불어넣고 최대한 땅을 박찬다. 주변 풍경이 바뀌는 것은 순식간.

믿을 수 없다는 표정을 한 남자가 바로 앞에서 창을 쏘아 보낸다.

"개자식! 죽어!"

-마지막 공격은 피하지 않으셔도 됩니다.

"확인."

확실히 몸을 비튼다면 거리를 다시 내주게 될 것이다. 인파 사이로 모습을 감추기 전에 기회를 잡는 것이 옳다.

조금 불안하기는 했지만 입술을 꽉 깨물었다.

창을 피하지 않은 채 검을 휘두르자 커다랗게 놀라는 남자의 동공이 눈에 들어왔다.

"미친 자식!"

파킹 하는 소리와 함께 몸이 빛난 것은 바로 그때. 몸으로 공격을 받았음에도 대미지가 없다.

검을 휘두르며 본능적으로 곁눈질을 하자 나 대신 대미지를 받고 있는 박덕구를 확인할 수 있었다. 타인의 대미지를 대신 받는 특성을 발동시킨 것이 틀림없으리라.

'끝을 알 수 없다니까.'

등 뒤로 소름이 돋을 정도였다.

'말도 안 돼.'
"C포인트 321.12."

-확인.

"C포인트 321.69."

-확인.

'뭐 저런 게 다 있어?'

전투가 진행되는 와중에도 입을 떡하고 벌릴 수밖에 없었다. 최대한 눈알을 굴리고 있음에도 따라가기 벅차다.

이미 이쪽은 한계를 맞이한 상황. 여기까지 해낸 것도 잘한 거라고 스스로를 칭찬하고 싶었지만 그럴 수 없었다. 전황은 계속해서 뒤바뀌고 있었고 마찬가지로 이쪽이 받아들이는 정보 역시 변화한다.

어처구니없어 기가 찰 지경이다. 조금 무리하다 싶게 내린 지령도 아무 무리 없이 수행하는 모습에 황당했다. 속도가 너무 빨라 루트를 실시간으로 수정해야 할 정도였으니 다른 표현이 필요 없으리라.

'제길.'

조금 적응이 됐다고 생각해 판을 벌인 것이 문제. 마법사나 사제를 투입하지 말았어야 했다.

조금 더 빠르게 움직일 수 있다는 건 알고 있었지만 분위기를 탄 김현성을 보조하는 것은 그 자체만으로도 쉽지 않았다. 아군의 위치에 계속해서 녀석을 투입하는 것과 버프를 교체해주는 것이 한계다.

떨어지는 마법을 막는다거나 길을 뚫기 위해 미리 전사를 투입시키는 것은 어떻게든 해내고 있었지만. 솔직히 이곳까지 손을 뻗기에는 능력이 달린다.

'디테일한 부분은 무리야.'

교체하는 버프의 종류나 마법이나 신성력 이외의 지원은 무리라고 할 수 있는 상황.

사방팔방에 퍼져 있는 영웅 등급이나 전설 등급의 특성을 가진 이들의 고유능력까지 더해진다면 지금보다 훨씬 더 편하게 움직였을 거라고 생각했다.

아직 김현성은 더 움직일 수 있다. 녀석의 행동을 제약하는 게 이쪽이라는 생각에 신경이 쓰였다.

그나마 도움이 되고 있는 것 같아 다행이라는 생각도 들지만 김현성이 내 지령을 받음으로써 생기는 단점도 분명 존재한다.

"페이스를 늦춰주셔도 됩니다. 체력에 신경 써주세요."

-네.

'그래 좀 쉬자……'

-커헉!
-이 미친 괴물이! 죽어! 막아! 올라오지 못하게 해!
-마법이랑 화살을 아끼지 마. 한 발만 맞히면 된다. 한 발만!

'페이스 늦추라고, 이 새끼야……'

-닥치고 시위 당겨! 저 새끼 올라오게 하지…… 컥!!!
-아아아아악!
-적은 하나다! 적은 하나!

'천천히 해, 이 나쁜 새끼야!'

-전사들은 뭐 하고 있는 거……

-마법! 마법으로 막아! 마법으로! 아아아아악!

"수고하셨습니다, 현성 씨."

-아닙니다.

'페이스 좀 늦추라니까. 신나 가지고, 슈발.'

신나게 움직이는 김현성을 보조하는 것만으로 머리가 터질 것 같았다. 눈으로는 정보를 계속해서 받아들이고 있지만 받아들인 정보를 연산하는 뇌가 버티지 못하기 때문. 김현성이 빠르게 움직일수록 내 쪽에 부담이 올 수밖에 없다.

시야를 꽉 채운 마력 홀로그램을 전부 눈에 담고 있는 것으로 모자라 쏟아지는 정보를 정리하고 있으니 둔한 머리에 무리가 가는 게 당연.

'이거…… 지력 보정은 받고 있는 건가.'

내가 어느 정도까지 정보를 받아들일 수 있는지 알 수 없다. 애초 지구에 있을 때는 이렇게까지 머리를 혹사시켜 본 적이 없었으니까.

하지만 개인적으로 판단하건대 그나마 높은 지력 능력치를 보유하고 있기 때문에 이 정도까지 버틸 수 있는 것이 틀림없으리라.

만약 튜토리얼 때의 나였더라면 이 상태를 15초 이상 지속하지 못했을 거라 장담할 수 있다. 사실 5초가 한계일지도 모른다.

뇌가 과부하 되면 코피가 흘러나오는 건 만화나 영화에서나 튀어나오는 장면인 줄 알았던 이쪽이 바보 같이 느껴질 지경.

극적인 연출을 위한 거짓말이라고 박장대소하며 비웃었던 적도 있었지만 지금은 그 심정을 그 누구보다도 잘 이해하고 있다.

지금도 머리가 깨질 것같이 아프다. 하지만 계속해서 눈을 움직일 수밖에 없다. 심지어 코피를 닦을 시간조차 없다. 지금 이 순간에도 김현성은 지휘통제실의 신호를 기다리고 있었으니까.

'이 새끼 왜 이렇게 나를 혹사시키는 거야?'

조금 천천히 움직여 줘도 나쁘지 않으련만 마치 이쪽의 한계를 재단하려는 듯 신나게 움직이는 모습이 가관이다. 마침 조금은 여유가 있는 타이밍인데도 곧바로 몸을 날리는 모습을 확인할 수 있었다.

이렇게 되면 이쪽 역시 저쪽을 억지로 따라갈 수밖에 없다. 잠깐 입술을 꽉 깨물었을 때 어디에선가 날아든 창이 김현성의 어깨를 스치는 것이 시야에 비친다.

"아."

-괜찮습니다.

'제기랄……'

한쪽 어깨에 상처가 난 모습을 보니 괜스레 가슴이 아플 지경. 물론 스쳤을 뿐이지만 내 반응이 조금만 더 빨랐더라면 저런 상처는 없었을 것이다.

'놓쳤어.'

입술을 꽉 깨물게 된다. 자존심이 조금 상했기 때문이다.

김현성을 향해 창을 던진 녀석을 찾는 것은 순식간이었다. 아마 김현성을 목표물로 설정한 것이 틀림없으리라.

'다치면 안 된다, 현성아.'

이쪽의 생각보다 적이 김현성을 목표물로 설정하는 것이 느렸다. 다른 쪽을 지원하고 있을 거라 판단한 것이 오류.

아마 큰 피해를 입은 상태에서 나선 만큼, 녀석으로서도 만반의 준비를 하고 나왔을 것이다. 섣불리 싸움을 걸었다가 당하리라는 걸 잘 알고 있을 터다.

'이거 까다로운 타입인데.'

자만해 주는 것보다는 이런 식으로 본인의 한계를 알고 있는 이들이 귀찮다. 심지어 퇴로까지 확보해 놓은 모습을 보니 자신의 안전을 최우선으로 하는 듯하다.

다시 한번 놈이 창을 생성해 집어 던지자 믿을 수 없는 빠르기로 날아들었다. 곧바로 주변에 어떤 것이 있는지 파악했다.

박덕구와 유아영이 있는 부대를 움직이고 주변 마법사들에게 마법을 사용할 수 있는 좌표를 계속해서 전송, 왼손과 오른손을 다른 방향으로 움직이는 것도 일이다. 혹시나 손이 꼬이지는 않을까 걱정했지만 그런 일은 일어나지 않는다.

마력 홀로그램 안에서는 계속해서 움직이는 김현성이 시야에 비친다.

최대한 효율적으로 상황에 맞게 움직이게 하는 일. 생각보다 재미있다.

녀석은 흐트러지는 법이 없다. 보기만 해도 간담이 서늘해지는 창을 피하거나 베면서 이쪽이 인도해 주고 있는 곳으로 움직인다.

이 기분은 일종의 쾌감이다. 퍼즐이 딱딱 떨어지는 느낌. 묘한 기분을 선사해 주기에 충분하다. 적재적소에 지원을 해주는 것만으로도 이 회귀자는 무료로 모든 적을 싹쓸이해 준다.

'이 회귀자는 무료로 적을 쓸어줍니다!!'

유리로 만들어진 창이 사방팔방 날아다니고 있음에도 계속해서 그것을 피하거나 손으로 쳐내는 모습은 장관이었다. 말그대로 범인은 이해조차 할 수 없는 모습이리라.

적 네임드에 대한 정보를 받아들이고 다시 한번 예상 루트를 지속적으로 김현성에게 전달한다.

내 말을 듣고 움직이는 거라곤 생각할 수 없을 만큼 빠른 반응. 내가 전달한 목적지와 루트를 정확히 따른다.

사각에서 계속해서 견제를 하는 까다로운 상대. 투창사라기보다는 저격수에 가까운 모습이다.

만약 거리가 좁혀져 있는 상태였다면 게임 자체가 성립되지 않았겠지만, 상대 역시 부대 단위로 도움을 받고 있다. 마법사와 사제, 앞을 지킬 수 있는 전위가 항상 함께 움직이고 있었다.

한참 동안 창을 던지고는 더 이상은 무리라고 판단했는지 몸을 뒤로 빼는 모습 역시 여신의 거울로 확인할 수 있었다. 그 와중에도 창을 던지는 모습은 얄밉게 느껴질 정도.

'머리 아파지는데.'

김현성의 체력은 최대한 보존해야 한다. 하지만 저 정도의 강자는 무조건 처리하는 것이 이득이다.

"7부대는 좌표 찍어준 곳으로 진입."


-확인.


아군과 적군의 피해가 계속해서 누적된다.

김현성이 최대한 막아주고 있지만 계속해서 떨어지는 유리의 창을 전부 다 막아낼 수는 없다.

"지혜야, 길 좀 뚫어줘."

"네? 어디요?"

"지금 좌표 찍은 곳으로 7부대 진입시킬 거야. 최단 시간에 올라갈 수 있도록 신경 써주면 돼. 이미 내가 최대한 가깝게 붙여놨어."

"그럴 여유가 없는데, 으……."

"최우선 사항. 빨리. 적 네임드 잡을 거니까 이쪽에 조금만 더 집중해."

"아, 창잡이! 한번 해볼게요. 길만 열면 되는 거죠?"

"응. 최대한 빠르게만. 나머지는 이쪽에서 알아서 할 테니까."

"네. 알았어요."

전체적으로 병력이 움직이는 것이 보인다. 길이 없을 것 같았던 루트가 계속해서 변화한다. 김현성의 눈에도 그런 루트들이 눈에 보이는지, 녀석이 발걸음을 옮기려는 곳이 내가 지시한 루트가 완벽히 일치한다.

상황을 전체적으로 돌아볼 수 없는 김현성이 저렇게 움직일 수 있는 이유는 뻔하다.

'감각.'

보고 움직이거나 판단해서 움직이는 것이 아니다. 그 말 그대로 수많은 시간을 전장에서 보냈던 녀석에게 생긴 감각일 것이다. 본인이 인지하고 있는지 모르겠지만 아마 병법을 공부했어도 대성할 수 있는 재목이리라.

"마지막 공격은 피하지 않으셔도 됩니다."

-확인.

7부대가 길을 뚫고 김현성이 몸을 옮기는 것은 순식간.

검을 휘두르는 김현성의 얼굴이 보인다. 쓸데없는 드잡이를 피하는 것이 유리하다 생각해 피하지 않아도 된다고 말했지만 이쪽의 말이 어떻게 들릴지 궁금해졌다.

조금이라도 이쪽을 의심한다면 쉽사리 행동으로 옮길 수 없을 터. 그러나 김현성은 너무나도 당연히 자신에게 날아드는 창을 피하지 않았다.

'그래, 시발! 믿음으로 가는 거다. 현성아!'

일그러진 상대의 얼굴이 비친다. 김현성의 몸에 닿은 창은 쨍그랑 소리와 함께 부서져 나갔다.

김현성을 놀란 상대를 향해 검을 휘두른다. 놈이 커다랗게 소리를 지른 것은 바로 그때.

-아이기스!

"어?"

왼팔에 생성된 커다란 방패.

'미친!'

놈이 다시 한번 오른팔에 유리의 창을 생성하여 김현성에게 뻗었다.

'위험한가? 위험한 거 아니야?'

마음의 눈으로 확인한 정체불명의 방패를 보니 걱정이 될 수밖에 없다.

7부대가 녀석을 둘러싸고 있는 부대로 향하고 있었지만 이미 김현성은 적에게 노출된 상황. 마지막이라고 생각해 미리 마법사를 부르지 않은 것이 결정적인 실수였다.

고유능력을 걸어줬던 박덕구에게는 두 번째와 세 번째를 감당할 수 있는 여력이 없다.

여러 가지 생각이 머릿속에 파고들지만 딱히 돌파구가 없는 상황.

"피……."

피하라고 소리치기도 전에 사랑스러운 회귀자의 몸이 흐릿해진다.

갑작스레 적의 등 뒤로 자리 잡은 이후에 곧바로 검을 휘두르는 모습은 뭐라 설명할 수 없을 정도. 창을 들고 있는 녀석의 눈에도 당혹스러움이 감돈다.

김현성은 분명 놈의 정면으로 쇄도하고 있었다. 그런데 갑작스레 뒤를 잡히니 저런 표정을 짓는 것도 무리는 아니다.

방패를 든 팔을 통째로 날려 버리는 것은 물론, 주변에 있던 적 병사들의 팔 역시 눈 깜짝할 사이에 허공으로 치솟았다.

아마 일반인의 눈에는 보이지도 않았을 것이다. 내가 가지고 있는 눈이 아니었다면 나도 방금 전 무슨 일이 벌어졌는지 이해할 수 없었을 것이다.

적이 아티팩트를 발동시킨 시점에서 적 병력의 가운데로 이동, 적이 김현성이 없어졌다는 걸 파악하기 전에 이미 방패를 든 팔은 잘려 나가고 있었다.

-아아아아아악!
-막아! 마, 막아!
-커헉!

"대박……."
조금이나마 걱정했던 나 자신이 우습게 느껴질 지경.
'이 새끼는…… 끝을 알 수 없다니까.'
그 말대로였다.

to be continued

# 무공을 배우다

## 목마 퓨전 판타지 장편소설
WISHBOOKS FUSION FANTASY STORY

"무(武)를 아느냐?"

잠결에 들린 처음 듣는 목소리에 눈을 떴을 때,
눈앞에 노인이 앉아 있었다.

"싸움해 본 적 있나?"
"없는데요."

## [무공을 배우다.]

20년 동안 무공을 배운 백현,
어비스에 침식된 현대로 귀환하다!

'현실은 고작 5년밖에 지나지 않았다고?'

우진 현대 판타지 장편소설
WISHBOOKS MODERN FANTASY STORY

# 다시 태어난 베토벤

1827년 한 남자의 죽음으로 고전 시대가 저물었다.

**그러나
그가 지핀 낭만의 불씨가 타오르니
비로소 새로운 시대가 열렸다.**

긴 시간이 흘러 찬란했던 불꽃도 저물어 갈 즈음.
스스로 지핀 불씨를 지키기 위해
불멸의 천재가 다시 태어났다.

## ⟨다시 태어난 베토벤⟩

**마치 운명이 문을 두드리듯
힘차게 손을 뻗어 외친다.
"아우아!"**

# 나는 롤 놈이다

**글쓰는기계 게임 판타지 장편소설**
WISHBOOKS GAME FANTASY STOR

판타지 온라인의 투기장.
## 대장장이로 PVP 랭킹을 휩쓴 남자가 있다?

"아니, 어디서 이런 미친놈이 나타나서⋯⋯."

랭킹 20위, 일대일 싸움 특화형 도적, 패배!

**"항복!"**

'바퀴벌레'라고 불릴 정도로
끈질긴 생명력을 가진 성기사조차 패배!

"판타지 온라인 2, 다음 달에 나온다고 했지?"

평범함을 거부하는 남자, 김태현!
그가 써내려가는 신개념 게임 정복기!